你一笑，德云甜了芳华

陈怡萱◎著　黄思浓◎绘

中国财富出版社有限公司

图书在版编目（CIP）数据

你一笑，德云甜了芳华 / 陈怡萱著；黄思浓绘. —北京：中国财富出版社有限公司，2023.4

ISBN 978-7-5047-7852-9

Ⅰ.①你… Ⅱ.①陈… ②黄… Ⅲ.①纪实文学－作品集－中国－当代 Ⅳ.①I25

中国版本图书馆CIP数据核字(2022)第252446号

策划编辑	张彩霞	责任编辑	张红燕 郭 玥	版权编辑	李 洋
责任印制	梁 凡	责任校对	张营营	责任发行	杨恩磊

出版发行	中国财富出版社有限公司		
社　　址	北京市丰台区南四环西路188号5区20楼	邮　　编	100070
电　　话	010-52227588转2098（发行部）		010-52227588转321（总编室）
	010-52227566（24小时读者服务）		010-52227588转305（质检部）
网　　址	http://www.cfpress.com.cn	排　　版	北京立士思行文化传媒有限公司
经　　销	新华书店	印　　刷	三河市九洲财鑫印刷有限公司
书　　号	ISBN 978-7-5047-7852-9/I・0352		
开　　本	710 mm×1000 mm　1/16	版　　次	2023年4月第1版
印　　张	16	印　　次	2023年4月第1次印刷
字　　数	152千字	定　　价	78.00元

版权所有・侵权必究・印装差错・负责调换

CONTENTS

第一章 去北京小剧场   1

八岁认识德云社   2
一个人带火一份情结   12
相声伴我入眠   22
唱不完的曲儿   31
去北京小剧场   39

第二章 捧角儿   51

捧角儿   52
雨露均沾   62
从郭德纲到秦霄贤   70
"文艺女孩"和"逗比先生"   83

第三章 甜甜的 CP   93

甜甜的 CP   94
你嗑的是谁？   104
嗑到了！嗑到了！   112

第四章 关于角儿们的碎碎念   119

看！那片绿海   120
用一首歌描画一个角儿——致张云雷   132

有个追梦少年 137
用一首歌描画一个角儿——致老秦与白月光的四周年 146

第五章 加油！七队 149

解散了，七队 150
加油，七队！ 158
关于老七队的诗和歌 163
用一首歌描画一个角儿——孟鹤堂生贺2022 167

第六章 云鹤九霄，龙腾四海 169

德云社里都有谁？ 170
相声演员论资排辈 180

第七章 有多热爱，就有多励志 187

德云女孩不一般 188
那些忘不了的句子 193
秀秀你的作业单 207

第八章 相声与快板 216

相声知多少 217
包袱儿抖不完 225
人人会打快板，世界铿锵有你 238

第一章

去北京小剧场

八岁认识德云社

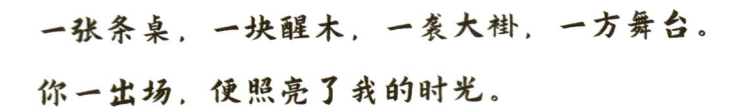

一张条桌，一块醒木，一袭大褂，一方舞台。
你一出场，便照亮了我的时光。

我和相声的缘，从德云开始。
我和德云的缘，从八岁开始。

八岁的你在想什么？在做什么？很多人以为八岁是无忧无虑、无拘无束的年纪。女孩子的八岁，梦都是巧克力做的。可想象很丰满，现实却很骨感。我的八岁，塞满了五花八门的课：钢琴课、葫芦丝课、古筝课、美术课、游泳课、舞蹈课、阅读课、奥数课……不知疲惫为何物的老妈，甚至给柔柔弱弱的我报了跆拳道课。唉！真叫人抓狂。

我无数次提出反抗，但反抗无效！

"这叫广撒网。"老妈振振有词，"每门课都上一下，才能筛选出你到底喜

欢什么课呀。而且,"琴棋书画"门门都会,"吹拉弹唱"样样精通,这是优秀小孩儿的标配呀。"老妈的思路就是如此奇特。照这样"广撒网",我仅存的几条"兴趣小鱼"早晚会从网缝里被挤压出去。

小孩儿的烦恼就是:你永远别想说服大人。于是,我那本该冒着甜丝丝巧克力味儿的八岁,日子过成了一个团团转的陀螺。终于有一天,陀螺转不动,也不想转了。

有那么一段时间,我一直沉默,一句话也不想说。老妈看我整天闷闷不乐,也是无可奈何。她总在我的耳朵边很理直气壮地絮絮叨叨:"谁不想让自己的小孩儿变得优秀呀?妈妈这么做有错吗?"

是呀,有错吗?妈妈一遍一遍地说,但是,看到越来越沉默的我,终于,她的语气变得没那么理直气壮了。

在一次去上跆拳道课的路上,我更是抑制不住地流眼泪。老妈吓了一跳,在摸摸我的脑门儿,确认我没有发烧的情况下,她终于不再坚持了:"好吧。跆拳道课不上了。什么黄带、绿带、黑带,都

见鬼去吧！咱们听相声去！"老妈把电动车一拐，朝另一个方向驶去。

说到相声嘛，我倒是有些朦朦胧胧的印象，以前在电视上看到过，但没有太多的感觉。不过，至少相声比跆拳道课有意思吧，想到这个，我的心里开始有点小兴奋。

电动车"吱嘎"一声，在一个大木门前停了下来。我仰头看，只见高高的门楣上，写着"德云社"三个大字。两边还有一副对联："学笑艺为衣食雅谐共赏；奉高朋孝父母亲和天下。"

"这是德云社天桥剧场。"妈妈买了票，拉着我走进剧场。不大不小的剧场里，一方舞台，两边的柱子上也写着一副对联："酒旗戏鼓天桥市，多少游人不忆家。"舞台下摆着一把把木椅和一张张方桌。我们刚坐下，台上的演出就开始了。

一张条桌,一方舞台,两个身穿蓝布大褂的演员走上台,弯腰鞠躬。

甲：大家都说您聪明，脑子转得快。

乙：哪里，哪里。

甲：那我是不是可以化验化验您？

乙（一脸无辜的表情）：化验我？（人们哄堂大笑）

甲：就是我说个灯谜，叫您猜猜，看您脑子怎么样。

乙：那叫智力测验，考验考验我。

甲：你听着，一棵树上落着十只鸟，用枪打死一只，树上还有几只鸟？

乙：这个好算，还有九只鸟。（我在台下狂点头）

甲：不对，一只都没有了。

乙（疑惑表情）：为什么呀？

甲：全飞了。（哦……台下发出一阵恍然大悟声）

乙（不服气）：你这是故意绕人，我没做好思想准备。

甲：好，那这个不算，我再说一个。鱼缸里有十条鱼，用棍儿打死一条，鱼缸里还有几条鱼？

乙（迅速抢答）：一条也没有了！剩下的全飞了！（观众哄堂大笑）

甲：错！你家鱼会飞呀？

乙：哦……那还有九条鱼。

甲：错！鱼缸里还有十条鱼，死的那条，在鱼缸水里漂着呢。

啊？哈哈哈哈哈……好逗好逗！我笑得前仰后合。妈妈也在笑，不过，我感觉她笑得有点若有所思。

接下来，好几个相声轮番登场。《报菜名》《卖布头》《绕口令》……每一段相声都让人捧腹大笑。

演出结束，从德云社天桥剧场走出来，我意犹未尽，学着刚才相声中的绕口令，念念有词："红鲤鱼绿鲤鱼和鱼，哈哈哈，不对不对！"我再念："红鲤鱼丽鲤鱼和驴！哈哈哈，还是不对。红鲤鱼绿鲤鱼和梨！"

身边路过的行人都听得忍不住笑起来。瞧——<mark>这就是相声。它让郁郁寡欢了很多天的我快乐到起飞，也让沾染了这快乐的路人心花"路"放。</mark>

原来，笑是可以传染的。一个人的笑，如同一颗种子，撒到马路边，一路生花，这如花的笑靥又在每个路人脸上绽放。一个人的欢乐，带来了一群人的欢喜。而今天这欢喜的源头，便是相声，德云社的相声。

我问妈妈："为什么这个绕口令我说不好？为什么刚才说相声的叔叔却能说得那么好？"

妈妈说："他们天天都在刻苦练功啊。就像你们天天做算术、背课文、默写单词一样。"

啊？世界上竟然还有这样的人？！

全世界都在竭尽全力教你飞得更高，唯有这些有趣的相声人，他们在刻苦练习、想方设法把你逗笑。

妈妈看着沉默了好多天的我又欢快如初，思索了一下，下定决心似的提议："要不，你从那些五花八门的课里，挑选一两门你最喜欢的。其他不想上的，就不上了吧。"

哇！幸福来得太突然。我简直被幸福冲昏了头脑，不太相信地问："真的吗？难道您不想让我成为优秀小孩儿了？"

妈妈笑了笑，问我："你说，刚刚听的相声里，那几道智力测验题并不难，可为什么一般人都会答错？"

"为什么？"我被妈妈

问得摸不着头脑。

妈妈说："因为很多人的思维太固化，就像那段相声里问的'剩下多少'，很多人凭感觉就要去做减法。"

"可，这跟我上那么多课有什么关系呢？"我更不明白了。

"这说明，很多人考虑问题、做事情不能随机应变，不能因地制宜，不能设身处地。"妈妈突然有点愧疚，"就像你老妈我一样。大多数人心目中的优秀就是全能。于是，我也跟着这么认为，根本没有考虑你的感受和兴趣。"

"那……"我问妈妈，"现在你觉得什么样的小孩儿是优秀的？"

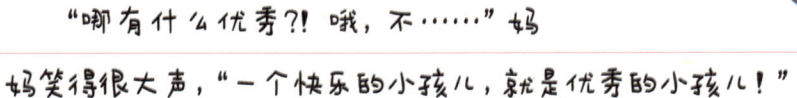

"哪有什么优秀？！哦，不……"妈妈笑得很大声，"一个快乐的小孩儿，就是优秀的小孩儿！"

哇哦！幸福就这么猝不及防地到来啦！好开心！一场相声让我重新拾回了久违的快乐，而妈妈却从相声里知道了这么多奇奇怪怪的东西。不过，这些奇奇怪怪的东西，我好喜欢！

很多年以后，我读到郭德纲先生在一本书里写的："相声就相当于剃头、修脚、赶大车、当厨子，是一门手艺。当年，相声不是为了讽刺人，不是为了教育人，不是为了歌颂谁，什么都不为，就

是为了活命。说相声的人就是为了活命，观众是为了找乐……如果说从我的节目中你感悟到什么，那是你自己的事，与我无关……"是呀，就如同一千个人眼中有一千个哈姆雷特一样，不同的人，从一段相声中也会有不同的收获。郭先生这段话，貌似漫不经心，其实深藏着人生的哲理和智慧。

沉下去的是积淀，浮上来的是笑脸。

有时候，我很感激世界上竟然有这样一种存在。一张条桌，一块醒木，一袭大褂，一方舞台。你一出场，便照亮了我的时光。

在我疲惫、烦躁、无助、孤独、伤心时，有相声相伴，有德云相依，所有的不快就都烟消云散，整个人都是放松的。就像小雀在晨光中啄着蓬松羽毛那样悠然自得，就像鸽子在晴天屋檐下咕咕叫那样气定神闲，就像人们在初夏夜躺在茵茵草地上舒平四肢

那样闲适恬淡。

　　对于和相声的相逢，和德云的相遇，说了这么多，其实，不用说，也不需说，笑就完了。

一个人带火一份情结

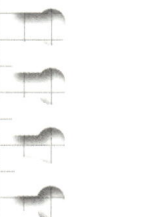

所有的花团锦簇绝不是偶然和凑巧，
而是落在尘埃里的种子，
生出了满地的欢喜。

"桃叶儿尖上尖，柳叶儿就遮满了天……"

两句《探清水河》小调儿一出口，身边立刻冒出好几个小伙伴一起开始唱——

"在其位这个明阿公，细听我来言呐……"

在那个试卷满天飞的高三，唱唱《探清水河》小调儿，聊聊相声，玩一玩相声里的

"数五子""绕口令""猜谜语"以及"成语接龙"的游戏，成了我们下课时间难得的休闲。

一到课间，我的几个小姐妹就跑过来，嚷嚷着跟我玩"数五子"。这个游戏我们最早是在德云社的一个传统相声《数五子》中听到的，然后就着了迷。

一个小姐妹先说："听好了！说——桌子上放着一双筷子，筷子下面有个盘子，盘子里摆着个勺子，勺子里盛着个鸡爪子。哈哈哈！桌子、筷子、盘子、勺子、鸡爪子——五子齐了。该你们了，接招吧。"

我欣然应战："让我来——我新买了一件褂子，褂子上带着个帽子，帽子下连着个领子，领子下有几枚扣子，扣子两边是俩袖子。哈哈哈！褂子、帽子、领子、扣子、袖子——五子齐了！

接下来该谁了？"

甚至，我和我的小姐妹们还经常学着相声中的样子，玩分角色表演。只不过，我们表演的是课本中需要背诵的片段。比如分角色表演《鸿门宴》。到现在，我还记得我们表演"项庄拔剑起舞"的场面呢。事实证明，这真是背诵古文的绝佳方法！

==现在想来，我们高三的快乐，一大半来源于相声。==

大家聚在一起，有说有笑，觉得学习和考试的压力顿时减轻了不少。

在玩玩闹闹中，我发现身边喜欢相声的人越来越多，但这众多的喜欢可是来之不易。

曾几何时，相声几乎从人们的生活中绝迹。

集万千宠爱于一身的小品的出现，或青春或狂野或文艺的流行歌曲的火爆，男团女团日剧韩剧美剧的风靡……各种五花

八门的娱乐形式，填满了人们有限的业余时间。就好似你走在美食街上，烤串凉皮小龙虾、爆肚卤煮和面茶……美食数不胜数，可你的胃口就那么大，你只能在众多美味中挑来选去。娱乐也是一样，你的业余时间就那么多，时间成了奢侈品。到底要把有限的时间分配给谁，就要看谁更能"深入你心"。

和众多新生娱乐节目相比，多年来一直一成不变的相声明显处于下风。它没有小品表现力强，没有流行歌曲朗朗上口，没有各种影视剧感情细腻。很长一段时间，相声被年轻人戏称为"老古董"。==那个时候，谁要是喜欢听相声，谁就会显得与周围格格不入。==

种种迹象表明，"相声已死"仿佛已成定局。

为了让相声这门传统曲艺活下去，当时的相声界也做了

不少努力，但是收效甚微。

很多曲艺家打着"弘扬传统文化"的旗号宣扬相声，但是，在满是烟火气的大众眼里，"传统文化"好像离自己太遥远。于是，有些曲艺家想出另一种方法：白送。送票、送鸡蛋，只要您来，什么都能往外送。可想而知，靠这样的方法得来的观众，大多是想占点小便宜的，他们的目标是鸡蛋，而不是相声。

日复一日，养鸡场被救活了不少，可相声却被降低了好几个档次，沦落到要靠"赠品"拉观众的地步。

==德云社就是在这样无人喝彩的背景下出现的。==

那时刚刚二十岁出头的郭德纲来到北京，在天桥创办了德云社。他说："相声是一门养家糊口的手

艺，咱们是手艺人，不要把它想得特别高尚。"

"牙佳为雅，人谷为俗。"在郭德纲眼里，传统艺术绝对不应该是清高的、严肃的、古板的，它应该是温和的、友善的、活泼的、有灵气的、平易近人的。郭先生如同一个人间烟火的收集家，清早起来一出门，三两好友打了个照面，问候一句"您早"，这在他眼里就是艺术；在烟火气十足的小巷子里，吹着懒懒的晚风，在夜市小吃摊边吃边唠，在他的眼里也是艺术；茶余饭后，邀三五好友来家坐坐，云山雾罩、海阔天空胡侃一顿，在他的眼里还是艺术。

日积月累、耳濡目染，他把平时的所见、所思融入自己的相声中。

==放低姿态，用最通俗的方式来演绎相声。相声艺术来源于老百姓，再让它回归到老百姓的眼里、心里、耳朵里。==

假的东西太多，抽假烟、喝假酒、看假球、听假唱、穿假名牌儿、戴一假头套，天底下就王八是

真的,还叫甲鱼。

人和猪的区别就是:猪一直是猪,而人有时却不是人。

如果你认为人人身上皆有善,那你还没有遇到所有人。

大金链子小金表,一天三顿小烧烤。

问君何所有?烤串和啤酒。

要不是打不过你,我早就跟你翻脸了!

我要了份鱼翅炒饭,用三双筷子愣没找着鱼翅。你能告诉我鱼翅在哪里吗?厨师说:我叫鱼翅。

<mark>高雅不是装出来的,孙子才是装出来的。</mark>

……

这些相声小段,如同一个立于街头巷尾的俗人的随意调侃,让人忍俊不禁,开怀大笑。但回头细细一品,又不只是调侃。

当然,也有人会对郭先生这样的"调侃"颇有微词。比如,"穷人站在十字街头耍十把钢钩,钩不着亲人骨肉;有钱人在深山老林耍刀枪棍棒,打不散无义宾朋。"有些人觉

得郭先生这样的言语有些过分，但你不觉得这跟《增广贤文》里"贫居闹市无人问，富在深山有远亲"有异曲同工之妙吗？

郭德纲先生出身草根，经历过人间百态，体味过世态炎凉，他的相声中包含了对人性独到通透的认知。他嬉笑怒骂，有怨天怨地的气魄，也有情真意切的感恩。"三分能耐，六分运气，一分贵人扶持""江山父老能容我，不使人间造孽钱"。

就是这样的低姿态、真性情，让郭德纲先生深入人心，也让人们心中那份对传统曲艺文化的敬爱得以复活。一时间，冷清多年的相声又被人们津津乐道，天桥小剧场很多相声专场的门票经常是一票难求。

看来，这个世界很包容，允许有人喜欢高雅的音乐剧，也允许有人喜欢接地气的相声。就像人们的一日三餐不能都是山珍海味，也得有点油条大饼调调味儿。郭德纲先生不是高高在上的米其林餐厅的厨师，他是民间小吃的烹饪家，会在热火朝天地煎炒烹炸的时候，不忘抬头笑眯眯地问排队等吃的食客一句："怎么样？这个口味儿您喜欢吗？"

　　他的相声就像沸腾的锅里咕嘟咕嘟冒出来的热气泡，俗气、鲜活又热闹。气泡炸裂，迸出来的是一串串笑声。

　　郭德纲火了！德云社火了！相声火了！曲艺火了！一个人唤醒了人们对相声、对曲艺、对传统文化的热爱。

　　苦尽甘来，郭德纲先生感慨万千："一路走来，经历各种坎坷、各种不顺和阻碍，终于我也看到了花团锦簇，也看到了灯彩佳话。那一夜，我也曾梦见百万雄兵。"

很多人只看到了郭先生的花团锦簇，以为他的成功纯属偶然，以为他凑巧站到了曲艺界重新洗牌的风口。毕竟站在风口上，猪都会飞。

其实，不然。

所有的花团锦簇绝不是偶然和凑巧，而是落在尘埃里的种子，生出了满地的欢喜。

相声伴我入眠

明明很好笑，你却在睡觉。这其中的美妙，不试，你怎么会知道？

"一见公主盗令箭，不由得本宫喜心间。站立宫门，叫小番。"

一声洪亮高亢的《叫小番》把我从梦里吼了出来。我迷迷瞪瞪地揉着眼睛，十八核大脑飞速运转："我是谁？我在哪儿？我在干吗？"人生三连问后，耳边悠悠地传来郭德纲先生不紧不慢的声音。我兴奋得差点儿从床上弹起来。

"难道我是在小剧场听相声？或是在郭德纲于谦相声专场？"我猛地睁开了蒙眬惺忪的眼睛。一时间，掌声、喝彩声、说唱声，陡然消散。周围漆黑一片，漆黑中有一丝亮光在枕边闪烁。我把手伸向闪着亮光、倒放在枕边的手机。拿起手机，关掉正在播放着的相声。

我摇着头笑了笑：这哪是在小剧场啊，这不是在家里睡觉呢嘛。

没错，我"又双叒叕"听着相声睡着了！

我把手机扔到一边，翻了个身，舒舒服服地继续睡去，一夜无梦。这是第几次听着相声入睡，我已经记不清了。不过，要说这个习惯的养成，还得从高考那年说起。

高考哇，让人欢喜让人忧，让人期待又让人愁。对于经历过高考的我来说，最怕的不是上考场，而是查成绩；最最怕的不是查成绩，而是等待查成绩的日日夜夜。特别是要出成绩前的那几天晚上，我终于体会到了什么叫作辗转反侧，什么叫作彻夜难眠。

睡不着哇，睡不着！

睡不着的滋味儿可真难受。躺在床上的我，就像在油锅里煎着的鲜虾，不到一秒钟就得翻一次身。我越躺越急躁，越躺越心慌。于是，我使出传统催眠绝招：数羊、听音乐。数羊数出羊圈味儿，听歌听到耳抽筋儿……各种方法都试了个遍，可我还是"人间清醒"。

没办法，我只好打开手机随意翻找着能听的音频。突然，一个合集跳了出来——郭德纲超清经典相声集（伴随入眠版）。

相声伴眠？我半信半疑地点了进去，心里直犯嘀咕："相声那么好笑，这不得越听越兴奋啊？怎么还能伴随入眠了？"

不过死马就当活马医，先听听再说。

没想到，一点开郭德纲的相声，就一发不可收了。郭德纲和于谦一捧一逗，外带时不时地抖一个小包袱儿，逗得我躺在床上咯咯直笑。多少天的紧张和焦虑一扫而光，紧绷的神经一下子彻底放松。这种如释重负的感觉让我如同飘在云端，轻飘飘、晕沉沉，不知不觉就进入了梦乡。第二天早上醒来，满血复活。

接下来每个难熬的夜晚，我都是这样听着郭德纲和于谦的相声，哈哈一笑，分了心神，只需几分钟便坠入甜梦。从此，便迷上了这个助眠神器——相声。

说相声是"助眠神器"，很多人不以为然："这相声得多无趣，才能把人给听得睡着了呀？"

明明很好笑，可你却在睡觉！不是无趣，是什么？

对于这种质疑，我一时间也不知道该说些什么好。直到有一天，无意间听到了郭德纲先生的一段采访，我心里才顿时有了答案。

听着相声能睡着，不是因为相声催眠，

而是因为听这个能让人彻底放松下来。郭先生为此还讲了一个小故事——

相传民国有一位说书先生王少堂。有一天，一个大帅请王少堂老先生去说书。没想到这位大帅听着听着竟然睡着了。老先生觉得非常郁闷，怀疑是因为自己说得不好，才让人家听书的人睡着的。但是老先生离开的时候，大帅的管家却给了他很多赏钱。老先生感到很愧疚，不好意思收赏钱。哪想管家一定要他收下，并且对老先生说："不是您说得差，恰恰相反，是您说得太好了。"老先生很好奇，问对方何出此言。管家说："大帅为国事操劳，每天日理万机，各种烦心事太多，已经失眠多日了。您说得绘声绘色、引人入胜，大帅听得津津有味，一时间把那些烦心事给忘掉了。这样一放松，也就睡着了。"

这么一看，相声能陪伴人们入眠并不是因为枯燥无趣，而是因为它转移了人们的注意力，缓解了人们的焦虑情绪，让人彻底放松下来。精神一放松，人自然而然也就睡着了。

在这里,我还要悄悄告诉大家一个小秘密,就是伴眠的相声最好选你已经听过好多遍、烂熟于心的相声。比如,郭德纲先生说的《丑娘娘》,我已经不知道听了多少遍,听到上句,就知道下句要说什么。熟悉的相声可以让人放松,不必太在意其中的包袱儿和情节。

还有就是,相声的音量不要太大,太大容易让人兴奋起来;当然音量也不能太小,声音太小,不容易引起人的注意。最好是如同悠扬的笛声远远飘来,需要你侧耳倾听才能听得清楚真切。这个时候,你的全部身心都集中在"听"上,外界的纷纷扰扰都与你无关。世界上只剩下了两种声音——你的呼吸声和相声的声音。

其实,这个时候听相声,新鲜不新鲜,笑与不笑,都不重要,

重要的是这熟悉的声音，这驾轻就熟的感觉。如同起床后习惯性走向卫生间，吃饭前习惯性拿起湿纸巾，睡觉时习惯性打开相声，这已成为睡前必不可少的仪式。

也许你不知道，听着相声入眠，还有一个隐藏功能，这也是我最近才发现的：相声伴眠还能"涨知识"呢！

前几天，我做了一篇文言文阅读题，里面有一个小题是这样的：文中的"大登科"和"小登科"分别指的是什么？

一看到这个小题，我就生出一种莫名的亲切感，毫不犹豫地提笔就写：大登科指的是金榜题名，小登科指的是洞房花烛。答完题我猛然反应过来：这不就是我前天晚上睡觉时，听过的相声里面讲的嘛。

这份意外的收获真的带给我很大惊喜。每天都听着相声入眠，在潜移默化中，我的知识面竟然也得到了扩展。在相声里，枯燥乏味的知识都变得有趣起来了。相声用它幽默轻松的方式告诉我为人处世的方法，还有文学常识、传统礼节等。比如，吃饭时哪个座位是主位，茶壶应该怎么摆放，敲门时应该敲几下……在相声陪伴我入眠的无数个夜晚里，这些知识也不知不觉地深入我心。

现在的我，养成了"无相声，不入眠"的习惯。相声伴我入眠已经成了我生活的一部分。而且，我知道像我一样用相声伴眠的人还有很多很多。庆幸的是，各大网站也意识到了这一点，于是各种高清相声伴睡合集出现在各大 App 上，很多合集还贴心地把过于高亢的唱段删除了。这样一来，半夜被《叫小番》吵醒的"场景"一去不复返了。喜欢相声的人们终于可以在删减版相声的陪伴下，睡得更安稳、更香甜了。

郭德纲先生在一首定场诗中说："天为罗盖地为毯，日月星辰伴我眠。"对喜欢相声的人们来说，伴眠的不仅仅是日月星辰，也不仅仅是风声雨声，还有挚爱的相声。

风声雨声听着闹心，唯有相声深入我心。在最最容易"emo"的深夜，还好有相声陪伴。

望着窗外忽明忽灭的点点星光，枕边放着德云社的相声，又是甜梦安睡的一夜。

"如果你被《叫小番》吵醒，啊……那是我的催眠曲。"

嘿！朋友，今天睡觉的时候，你听相声了吗？听着相声入眠的美妙，不试，你怎么会知道？

唱不完的曲儿

DJ版《探清水河》、蹦迪版《大西厢》、rap版《休洗红》……
这不是我认识的小曲儿。
不！这还是我认识的小曲儿。

<u>说到德云社的小曲儿，《探清水河》必然是妥妥的TOP1。</u>

一袭大褂步翩翩，手握一柄纸折扇，流光在眼波里辗转，韵味在唇齿间闪现。笑语清歌传佳音，似梦回桑竹桃源。小辫儿张云雷一声"姑娘叫大莲"一下子点燃了全场，台下一片莹莹绿海涌动。唱到那句"日思夜想的——""绿海"已经抑制不住内心狂奔的激情，齐声咆哮："辫儿哥哥！"

哇！那场面、那阵势，简直就是锣鼓喧天、鞭炮齐鸣、红旗招展、人山人海……我敢打赌，如果你置身这片绿海，肯定也会心潮澎湃，也会不由自主地跟着吼两句。

很多人不禁感慨："本是蹦迪的年纪，却生生喜欢上了听曲儿。"

仔细留心一下就会发现，很多女孩耳机里听的，不再单单是流行歌曲，还有太平歌词和京剧等的各种曲目。

改编版的《休洗红》在各大网络平台上疯狂流传。那天，我拿着手机正在听"德云男团"改编的rap版《休洗红》，我的小姐妹在旁边刷短视频。听见我这边手机里的曲儿声一起，她立刻凑了过来："这是啥新歌呀，还挺好听的。"我没接话，顺势把手机往她那边推了推，示意她继续听下去。

栾云平、孟鹤堂、周九良、秦霄贤四位各持一柄题字折扇，身穿大褂往台上一站。那舞台灯光一打，个个气场十足。四人一开唱，便惊艳全场："说学逗唱，众生的哀乐喜怒，博您一笑，传承说话的艺术。观众亲人是咱的衣食父母，继往开来是相声人的态度……"传统小曲儿

《休洗红》在四位的唱腔加手势演绎下，竟然有了"哟哟，切克闹，煎饼果子来一套！"的嘻哈风味。我听得入了迷，而我的小姐妹，竟然随着rap的节奏在摇摆。

当我告诉她这是传统小曲儿《休洗红》的改编版时，我那个沉醉其中的小姐妹迫不及待地开始搜索传统版《休洗红》，并说："让我听听原版是什么样的，没想到小曲儿竟然还这么好听！"

瞧吧！传统曲艺就这样成功圈粉啦。

这时候，"杠精"往往就上线了：这样的改编简直是不伦不类，而且你都改编成这样了，那还能算是传统吗？其实，经过改编的曲儿，与传统的曲艺并不是矛盾的。它是为传统的小曲儿打了个招牌。就好比是"酒香也怕巷子深"，一壶包装陈旧的老酒，淹没在众多包装精美的名酒之间，人们不会留意。这时候，你该怎么办？你得先让人注意到这壶老酒呀。注意到了，才会有人去试着品尝。尝一尝，才会惊喜地发现这壶老酒的醇香。

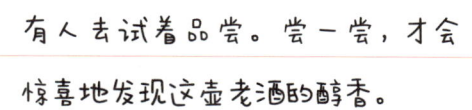

曲艺也是一样。首先你得让人们，尤其是年轻人，知道有

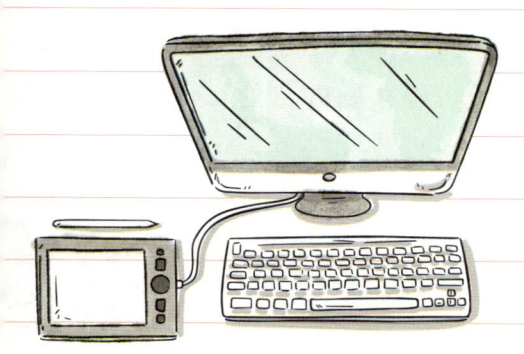

这门艺术。然后他们才会去试着听。听了以后才会惊喜地发现——哇哦！没想到传统曲艺竟然这般朴实无华、韵味十足！

你看，前有千千万万普通观众从电影院、迪厅转战到了小剧场，后有我的小姐妹，因为一首改编的《休洗红》而爱上了传统小曲儿。

很多年轻人不太熟悉的传统的东西，只有被发现，才可能谈得上被喜欢、被传承。

<u>对传统曲艺的改编可谓"以人为本"的典范。就像是给传统曲艺穿了一件时髦的外套。</u>它把一些严肃得有点古板的传统曲目，加入了流行的音乐节奏。音乐一起，小节奏一打，让人不得不爱。传统的曲词配上现代炫酷炸场的音乐风格，纯纯就是一个"反差萌"。传统曲艺与现代元素融合，有令人瞬间就来精神的电音，还有传统韵味十足的唱腔，真是让人越听越爱听，越品越上头。

包括我在内的很多人，上头之后的第一件事就是很好奇，立刻想要去搜一搜传统的曲目到底是怎么唱的。这么一来，探索传统曲艺之路就此拉开帷幕。

细细想来，德云社的曲儿大体来自以下几类：

一是太平歌词。比如《休洗红》《白蛇传》《太公卖面》《鹬蚌相争》《层层见喜》《大西厢》《劝人方》《秦琼观阵》《韩信算卦》《游西湖》《大实话》等。

太平歌词是相声演员四门基本功课之一。"说学逗唱"里的"唱"主要指的就是唱太平歌词。说起太平歌词，它还有一段有趣的历史呢。

相传，清末慈禧太后经常宣召民间艺人去演唱。有一次，一位老前辈进宫去唱莲花落。慈禧太后听后大喜，称赞道："他唱的是文武忠勇孝贤良，颂扬的是国泰民安。"于是，便赐名"太平歌词"。

太平歌词的曲目也很多。一曲《白蛇传》就能让我们走近那个风景如画的西湖，去听一听"那杭州美景，盖世无双"；一曲《大西厢》就能让我们见证崔莺莺和张生的绝美爱情，一声"奴家崔莺莺"永存心上；一曲《大实话》话出多少人情世故，那一句"我劝诸位，酒色财气君莫占，吃喝嫖赌也莫沾身"至今难忘。

二是北京小曲儿。比如《探清水河》《照花台》《买药糖》《送情郎》《画扇面》等。

德云社立足北京，京味自然少不了。比如大火的《探清水河》就是北京小曲儿。北京小曲儿是一种古老的传统曲艺。提到北京小曲儿，清末民初，在北京有名的唱家中，有位赵俊良先生，他的《十二重楼》《绣麒麟》等深受大众喜爱，红极一时。德云社的小曲儿从赵俊良先生的作品中借鉴了很多。

三是鼓曲。比如《百山图》《风雨归舟》《丑末寅初》《重整河山待后生》等。

鼓曲有很多种：京韵大鼓、京东大鼓、西河大鼓、铁片大鼓等。郭德纲先生早年在舞台上有很多鼓曲作品。比如：西河大鼓《潘杨讼》《灞桥挑袍》，铁片大鼓《罗成托兆》《高亮赶水》等。后来，张云雷唱的《重整河山待后生》《孟姜女》《探晴雯》是京韵大鼓。

四是戏曲。比如评剧《花为媒》（特别是"夸月娥"选段，

是辫儿哥留过的作业哟)、《乾坤带》《秦香莲》等；京剧《挡谅》（大林和陶阳版)、《武家坡》(大林和小辫儿版)、《锁麟囊》《红娘》《卖水》,还有张云雷京剧版的《你快回来》等。

　　当然,这些只是我简单的盘点,并不全面,也不那么专业。

　　很多人听了德云社的曲儿,会惊叹：DJ版《探清水河》,蹦迪版《大西厢》,rap版《休洗红》……这不是我认识的小曲儿。不！这还是我认识的小曲儿。它只是披了一件时尚的外套,欢脱地跳到你面前,笑嘻嘻地勾起你的喜欢。

　　<mark>就这样,改编版小曲儿成功地为传统曲艺圈了粉。让余音绕梁、意味深长的传统曲艺重新走进大众视野,让这经典古韵一直延续传唱。</mark>

　　听着合辙押韵、古韵悠长的小曲儿,品着佳句迭出、古色古香的曲词,在传统曲艺的熏陶下,不知不觉中,我的知识储备也得到了丰富。

上课时，老师讲到康茂才、陈友谅的内容，我听了上句，就知道下面要发生的故事，因为《挡谅》早已带我了解了康茂才和陈友谅的肝胆相照。

当我的小姐妹深夜在朋友圈发伤感文案时，我可以给她讲讲《劝善歌》里的妙言要道。无聊时分，我可以和三五好友聊聊《锁麟囊》中的爱恨情愁。

长辈庆寿，回到老家，老妈叫你说点吉祥话，面对着七大姑八大姨期盼的目光，我猜，听过小曲儿的你断然不会为此感到头疼，小嘴一张，就能吐出一连串的吉祥话："寿星秉寿万寿无疆，寿桃寿酒摆在中央。寿比南山高万丈，彭祖爷寿活八百永安为康。"

==这就是娱乐性、实用性极高的小曲儿，这就是传统经典的小曲儿，这就是永远都唱不完的小曲儿。==

去北京小剧场

无精打采来，笑逐颜开去。

一壶清茶，一盘瓜子，
一份干果，两三个小时。

大家好不好奇，像我们这般正值青春年少、活力四射的孩子，课余时间都在干些什么呢？是在充斥着强劲音乐，满是各种电子游戏设施的电玩城里放飞自我，还是在灯红酒绿、鱼龙混杂的街边小酒吧里花天酒地？抑或是在光怪陆离的迪厅肆意摇摆？

大错特错！都不是，对于很多女孩来说，古韵浓郁的小剧场也是不错的打卡地。

摇一柄折扇，漫步在长街上。长街的尽头，坐落着德云社的小剧场。慢悠悠地踱进小剧场，品一杯热茶，暂且抛去心中的杂乱，任凭口若悬河的先生们，三言两语把你逗笑。你顺势就沉浸在这突如其来的欢快中，好不惬意。

茶余饭后、郁郁寡欢时，去德云社小剧场听场相声。听上一段神清气爽，听上两段解压解乏，听上三段眉开眼笑。

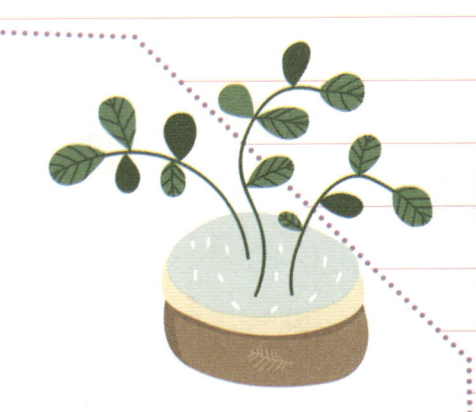

一壶清茶，一盘瓜子，一份干果，两三个小时。在小剧场里打发一下午时光，定会让你无精打采来，笑逐颜开去。

怎么样，你是不是也迫不及待地想走进小剧场，沉下心来去听一场相声了？哈！那正好，今天我就给大家来一个德云社

北京小剧场的观光指南。

　　德云社的北京小剧场分布在北京西城区和朝阳区，一共有六个小剧场，德云社的各个演出团队常在这六个小剧场里演出。

　　说到这儿，有的小姐妹就会问了，这些团队是按照啥规定分的呢？那我就在介绍六个小剧场之前，先来简单地介绍一下德云社的演出团队吧。

迄今为止，德云社正式的演出团队一共有九个，外加一个青年队。除了八队常驻三庆园，其他队都是在各个小剧场轮番演出。

一队、二队、三队……这些小分队的排序，跟相声演员的能力没有任何关系。并不是一队的队长队员能力最强，九队的队长队员能力最弱，而是每一队中演员的演出实力都是不相上下的。其实，这就像平常我们上学时的分班，由于人数众多，需要把孩子们分到不同的班里。分班是随机的。德云社的分队也一样，分队标准不是能力差别，而是单纯为了方便演出、方便管理。

团队分好了，那么这些团队都在哪里演出

呢？德云社的小剧场都在哪里呢？

首先是地处繁华地带的广德楼小剧场。广德楼小剧场是北京现存的最古老的戏园之一，坐落在著名的大栅栏。大栅栏位于西城区前门大街西侧，是北京著名的古老街市和繁华的商业街。整条大街整洁宽敞，街道两边商铺林立，老字号众多。吃的、喝的、用的，一应俱全。

大名鼎鼎的广德楼小剧场，门面却不大，夹在两个店铺之间，你要是不仔细看，还真不一定能发现它，但是真正推开门走进广德楼，你会陡然生出一种《桃花源记》里"复行数十步，豁然开朗"的感觉。

一进门，影壁墙下和旁边的墙上，陈列着马三立、骆玉笙、刘兰芳等曲艺老前辈们和名角儿们的手印。再往里走，就到广德楼小剧场的里面了。不得不说，广德楼小剧场可真不小，险些都能用"一望无际"来形容了。它拥有二百多个软椅，楼上楼下共有十个豪华包厢。剧场内部的高雅气派和外面不算大的门面形成了一个大反差。

> 大栅栏本身就是一个富有古典文化气息的地方，德云社在这块寸土寸金的地方竟然开了两家小剧场。

广德楼小剧场的斜对面就是三庆园小剧场，三庆园是八队的主场。可能我说八队你没什么印象，但我如果说八队队长张云雷，你一定知道。

三庆园的历史十分悠久，它是京剧发祥地之一，曾号称京城七大戏园之首，同时也是北京现存最古老的戏园之一。史料记载，1790年，为庆贺乾隆八旬寿辰，扬州盐商江鹤亭在安庆组织了一个徽戏戏班，取名"三庆班"。1796年，"三庆班"与宴乐居合营，"三庆园"戏楼正式成立，开始了以演戏为主业的戏园经营。这样看来，三庆园已经有长达二百余年的历史了。后来，三庆园历尽沧桑，几经修复，变成了现在的模样。

德云社三庆园小剧场的门面也不大，门口两边挂着两串大红灯笼，灯笼上写着"德云社"。从剧场门口开始，一路走过长廊，长廊两旁的墙上挂着一些有关京剧的照片。剧场内部空间可不小，共有两层，古色古香。要说三庆园最突出的特色，还得是剧场屋顶上挂着的一个个国风灯笼。台上的人说着相声，台下的人一抬头，就

看见了挂满屋顶的京韵灯笼，喜气洋洋的，和着那小剧场里的欢笑声、叫好声，一瞬间，恍惚觉得是在过年。

难道德云社的小剧场，都扎堆在像大栅栏这样历史气息浓厚的地方吗？当然不是，在现代元素随处可见的北京朝阳三里屯，也有德云社的小剧场。

三里屯的德云社小剧场是七队的主场。说是七队主场，其实是因为七队在这里演出比较多。七队在各演出团队中号称明星团队，队长是颜值能力都在线的孟鹤堂，副队长是沉着稳健的周九良，两个人搭配演出和管理，可谓是珠联璧合。

三里屯小剧场位于朝阳区三里屯SOHO 6号商场中心广场南侧。它夹杂在各大时尚名牌商店中间，显得有点格格不入，但又别具一番韵味。就像你在高档香水的香气中，突然闻到了一丝淡淡的茶香一样。茶香虽淡，却能沁人心脾。

望着那古色古香的德云社牌匾，身处在三里屯繁华大街的你，一定会生出"生活百般滋味，人生需要笑对"的念头。那就走进小剧场，让自己笑个痛快吧。给自己因为快节奏的现代生活而产生的身心俱疲，来一次大洗礼吧。

除上面介绍的这三个小剧场之外，还有新街口小剧场、天桥小剧场和湖广会馆小剧场。

新街口小剧场位于北京西城区新街口北大街74号。交通便利，离地铁站和公交站都很近。新街口小剧场从外面看，透着浓厚的老北京城区的文化底蕴。剧场里有霸气的九龙壁，内部空间很大，敞亮气派、古朴别致。

再说湖广会馆小剧场，大家对它可能都不太陌生，小剧场位于北京西城区虎坊路3号。在湖广会馆里演出和看演出都需要勇气。有人就问了："你看你说得跟那里是鬼宅一样，看个演出还需要勇气，哪有那么吓人哪！"真让你给猜着了，传说湖广会馆是北京"四大凶宅"之一。你要去湖广会馆听相声，不仅要不害怕这个可怕的传说，更重要的是，你还得提防着台上的角儿们，他们经常会出其不意地故意吓唬你。

要说我最爱的小剧场，还得是号称德云社旗舰店的天桥小剧场。早在民国时期，天桥就是各类艺人的聚集地，所以它自然而然就染上了传统曲艺的色彩。

天桥的德云社小剧场，是我心中德云社小剧场的No.1。它位于北京西城区北纬路甲1号，外表看似很普通，甚至有点陈旧，实际上它是德云社小剧场中最富有古韵的一个。==外面是大城市车水马龙的喧嚣，狭长的小巷深处就是稳重典雅的天桥小剧场。走进小巷，步入小剧场，外面的纷纷扰扰与我何干？==

休闲时光，我喜欢去小剧场看演出。这不仅是因为小剧场的环境古朴典雅，还因为我喜欢小剧场那种亲切的氛围。

相比商演和专场，在小剧场里，无论是听相声的，还是说相声的，都感觉更放松一些。对说相声的演员来说，小剧场是自己的一片小天地，里面坐的大部分都是自己的粉丝。不管是自己的演出节奏，还是演出中常用的梗，台下观众都能轻易理解他想表达的意思。比如，秦霄贤在小剧场里演出，刚上台还没开口，手一碰话筒，就有人在台下亲切地喊他"傻子"。这就是老秦的老粉，懂得他昔日与话筒的那些爱恨情仇。

此外，对观众来说，在小剧场里听相声，会觉得台上演员离自己好近，近得就像一起聚会聊天的朋友。因此，小剧场的气氛比专场更加活跃。比如，有观众起身想上个厕所，刚站起来，台上的演员就开始"砸挂"："您这是上哪儿去呀，我这刚一上台，您就要走，明摆着对我有意见哪……"于是，那个观众忙不迭地解释："不不不，没意见、没意见，去上个厕所，马上回来。"其他观众忍不住要笑。台上的人这么冷不丁地来一句，你在台底下这么一呼应，一来二去，小剧场就热闹起来了，距离感也消失了。台上演员一放松，包袱儿接二连三地抖，台下的观众跟着一乐、一鼓掌、一起哄，整个小剧场就沸腾起来了，咕嘟咕嘟地冒出一串一串的笑声。

不管多有名的角儿，都是从小剧场里摸爬滚打历练出来的。德云社各个队的奇妙故事和经历，也是从小剧场里生长蔓延出来的。小剧场如同一片沃土，滋养着德云社一代又一代相声演员。

在这个节奏飞快的时代，在你身心疲惫的时候，不如慢下来，来北京小剧场，品一壶热茶，嗑一盘瓜子，听一场相声，给自己来一次沉浸式精神SPA。

听相声去喽，小剧场走起……

第二章
捧角儿

捧角儿

叫"追星",还是叫"捧角儿"?
这又有什么重要。
我只知道你是我心中的白月光,
你照亮了我的黑夜,
我温暖了你的清凉。

<u>说到"捧角儿",网上出现了很多不和谐的声音。</u>尤其是,当德云女孩说到捧角儿时,有人就会趁机站出来讽刺一顿:"你们知道啥是捧角儿吗?你们所谓的捧角儿只不过是在追星而已,干吗说得那么高尚。"初次听到这种声音,我感觉有点蒙:捧角儿和追星,难道区别很大吗?于是,我静下心来,恶补了一下关于"捧角儿"的知识。

捧角儿,在我看来,应该是先有"角儿",然后再"捧"。可以说是两者"缺一不可"。缺了"角儿",你捧什么?缺了"捧",你又是谁心中的"角儿"?虽是缺一不可,但有先有后。先让

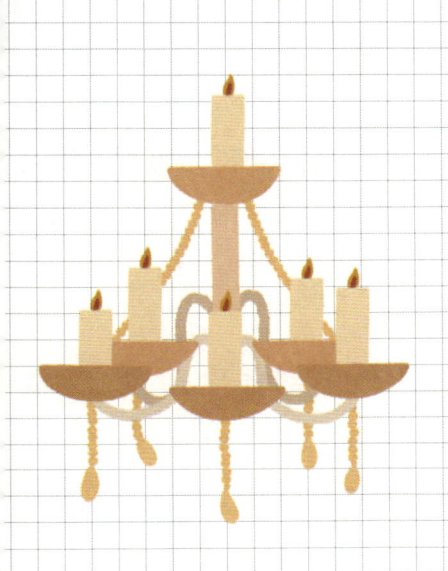

自己成为"角儿"，才是根本。

能称得上"角儿"的，绝非等闲之辈。古时候，"角儿"是戏曲行业内对那些唱、念、做、打有绝活儿的演员的尊称。在梨园中，谁要是被尊称一声"角儿"，那真是一辈子的荣誉。

到了现在，"角儿"这个称呼的范围宽了好多，各行各业的精英翘楚，不可替代的人才，都可以被称为"角儿"，也可以说是"腕儿""大腕儿"。但总的来说，"角儿"这个词，在娱乐圈用得比较多。

如果照以前的标准来评判，真正能称得上"角儿"的演员，少之又少。但现在人们对"角儿"的认定也不再那么严苛了。就以德云社来说，可以称为"角儿"的有谁呢？其实这个问题一出口，答案可能不止一个。因为一千个人心中会有一千个衡量标准。可能有人喜欢张云雷的小曲儿，可能有人喜欢秦霄贤的颜值，可能有人喜欢孟鹤堂的多才多艺……在这里，我不禁想起张九龄说的那句话："太阳都没法做到让所有人喜欢。你说它温暖，我说它刺眼。"所以，对于谁是"角儿"，我们遵从自己的内心就好。

再说"捧"。古时候，捧角儿也是很有讲究的。细分起来，

==有很多种：前台捧、后台捧、园子捧、文捧、武捧、经济捧、艺术捧，等等。==比如园子捧，"角儿"在台上演，园子内观众叫好、鼓掌、挥舞彩棒，等等。就像"辫儿哥"张云雷在台上唱《探清水河》，台下观众挥舞起荧光棒，点点荧光聚成一片绿海，连郭德纲先生都为观众们"捧角儿"的热情所感动，他说自己死都想不到，有一天会有人拿着荧光棒来听相声。另外，像文捧，我们可以做做手账、剪剪视频、写写文章，甚至是写首歌来捧角儿。

文捧也好，武捧也罢，不管怎么捧，有一个问题是不能躲过的——首先你得知道你捧的是什么，你为什么捧。

要让我回答这个问题，就要从我的"入坑"经历说起。

在我高二即将升高三的那个暑假里，习题试卷裹着滚烫的夏风扑面而来，我

正式入坑德云社。至于为什么会入坑，主要是因为遇到了"大林子"——郭麒麟。

再开学就是高三了，哦……一想到这个，我就觉得有点可怕。那段时间，我紧张、我焦虑、我莫名地感到有一只巨手掐住我的脖子，让我喘不过气。为了缓解压力，我打开了手机，随意点开一段相声听。

手机扔在床上，我心烦意乱地往床上一趴。这时，耳边传来了一个轻松但又沉稳的声音。这个声音，就像一阵微风，吹灭了我内心的焦躁不安，吹跑了我的疲惫不堪。出于好奇，我拿起手机仔细一看，郭麒麟和阎鹤祥两个人的名字就这么闯进了我的视线。那时候，我还不知道郭麒麟是郭德纲的儿子，我只觉得这个男孩儿相声说得好棒！而且看起来显得那么干净利落、单纯又成熟。是的，单纯又成熟！你可能觉得单纯和成熟是一对反义词，不能用在同一个人身上。但当时的我，就是这种感觉。后来才明白，应该是他年轻得有点稚气的脸上写着单纯，但他的稳重通透里又显露出了成熟吧。

那天晚上，我听着"大林子"的相声，有了近十天来最安稳的睡眠。

　　从那以后，我就有了想更深一步去了解郭麒麟的欲望。当我发现"大林子"原来是郭德纲的儿子时，才知道他身为德云少班主，却从不愿依靠父亲的名声和力量，为自己在相声圈谋取一个位置，或干脆坐享其成。他竭尽全力，希望靠自己的实力让大家去认识他、了解他。他说："我知道大家对我的印象都来源于我的父亲，就想给大家表明一个态度，就是我可以一辈子不如我爸，但我一辈子都要为我喜欢的事业而奋斗。"我对他的喜爱更上了一层楼。

　　本来他可以踩在巨人的肩膀上摘星星，可他偏要爬一架长梯去够月亮。

　　还记得"大林子"主演话剧《牛天赐》，谢幕时，郭德纲先生突然上台，给了他一个浅浅的笑和大大的拥抱。这个笑里饱含了对他的肯定和为他骄傲的意思，"大林子"潸然泪下。郭先生平时对他要求非常严格，据"大林子"说，二十多年中，父亲很少表扬他。但是他却从来没有怨恨过父亲，而是拼命努力，让自己变得更好，让自己成为父亲的骄傲。

随着对"大林子"的深入了解，我在他身上发现了更多的闪光点，也学到了很多：在待人接物时，如何回应对方的话会显得礼貌委婉；在和父母沟通时，怎么做才能既表达出自己的想法又不惹父母生气；在学业遇到困难时，懂得每个人都会遇到各种各样的困境，不要轻言放弃。

这个清秀爱笑的少年，他骨子里的善良、谦逊、成熟、沉稳、不服输，总能带给我启迪、智慧和力量。

于是，我成了"大林子"的铁粉。

我不太喜欢那句话："我喜欢你，与你无关。"喜欢一个人，"粉"一个人，当然与这个人有关。他的成就、学识、才华、精神让你为之折服，他的正能量驱使着你不惮前行。这可能就是人们常说的"德艺双馨"吧。

如果不管他的本领如何，不管他的人品如何，甚至知道他人品败坏，还是一味疯狂地喜欢、追捧，到最后，连自己都不知道捧他什么。这样的"捧"绝对是一种盲目的行为。

因此，不管"角儿"的定义怎么变，不管"捧角儿"的方式怎么花样频出，唯一不变的是：艺术是根本，人品是底线。

在"大林子"的精神和声音的陪伴下，我平稳地步入了高三。每天必听一段相声，是我在高三养成的习惯。当我慢慢地把"大林子"的相声都听过一遍之后，我开始去探索德云社其他演员的相声了。这一探索不要紧，我又发现了好多"宝藏男孩"。比如唱小曲儿的张云雷，会弹三弦的周九良，爱笑又多才的孟鹤堂……

在业余时间，我会心甘情愿地为这些"宝藏男孩"填填词、唱唱歌，并发到平台上，让更多的人去认识他们、喜欢他们。

哈哈，或许这也算是"支捧"吧。

不管怎么捧，"捧角儿"也是要有规矩的。

一是，"捧角儿"的前提是尊重。

有些粉丝对角儿们的喜爱有点近乎疯狂。有的在角儿们出现的地方"围、追、堵、截"，有的拿着相机、手机直接怼脸任性拍，有的更是通过各种渠道打听角儿们的私生活……我想对这样的粉丝说一声："越界了，知道吗？！"

我觉得"捧角儿"的前提是尊重。在这一点上，德云社一哥岳云鹏给大家立了一个好榜样。岳云鹏从小就崇拜王菲，他说：我有特别想加的微信。那是我从小的一个偶像，王菲。因为她也知道我特别喜欢她，后来她还托人传话，说"你要不要我的微信"。然后我说我不要，我拒绝了。因为我跟她这个桥梁，我不需要任何东西去搭……我就远远地看着她。

岳云鹏这种追星、捧角儿的态度值得所有粉丝学习。可能我们每个人心里都有自己追的星，这颗星可能是博学多才的科学家，可能是锐不可当的英雄，可能是才华横溢的演员……不管我们对他们多么喜欢，多么崇拜，都要保持距离，尊重他们，不要去打扰他们的私生活。

离偶像的私生活远一点，离他们的作品近一点。像岳云鹏说的，远远地看着就好。

==二是，要有底线地捧==。这个底线就是"实事求是"。

为什么要这样说呢？很多粉丝在捧角儿时，经常不负责任地只褒不贬，甚至容不得别人说自己的偶像一点不好。几家粉丝为了一个热搜或类似超话的排名争论不休、互相诋毁。这样的行为真的十分不可取。

要知道，人无完人，更没有十全十美的艺人。我们要做的是发现角儿们的技艺特长，并且把这些推荐给大众，为自己的角儿们赢得更多的喝彩。同时，面对角儿们的失误，我们也不能予以包庇。我们捧角儿，是希望角儿们越来越好，平静地给他们指出错误，起到一个督促作用，这样对角儿们的成长也是很有利的。正如秦霄贤说的："你们看着我成长，我看着你们长大。"

如果一味纵容，把角儿捧到天上去，别人听了嘿嘿一笑，但心底里不会再信你的话了，即使你的角儿真的很好，别人也会认为你是在"吹捧"。这种效果与你理想中的效果简直背道而驰。另外，对于你捧的角儿来说，他会把你天花乱坠的"捧"当成真的，迷失了自我，觉得自己不可一世，终日不思进取。时间久了，技艺和人品就会慢慢出现问题。

这样的"捧"不能算捧，只能算是"捧杀"。
好的"捧"能成就一个人，坏的"捧"会毁掉一个人。
三是，要理智、礼貌地捧。

在剧场看演出时，气氛很活跃，不少观众因为太喜欢说相声的演员，总忍不住在台下接话，以为这样可以让角儿们的演出气氛更热烈一些。殊不知，这种行为很不礼貌，更有甚者，在演员要抛出一个包袱儿时，提前把包袱儿说了出来，以显示自己的见多识广。这样做，让台上的演员很尴尬。即使台下粉丝插话内容没有提及要抖的包袱儿，但是台下插话，台上演员要呼应，这样一来，就打乱了演出节奏，影响演出效果，甚至影响演员的心情和思路。用相声的行话说，这就是"捧"到腮帮子上了。

另外，对于网上针对角儿们的一些声音，要理智对待，要有自己的看法，有自己的思考，不要人云亦云。不盲从、不包庇。

回到开头，德云女孩对自己喜爱的角儿们的追捧行为，到底是叫"捧角儿"还是叫"追星"？其实，这又有什么重要。我只知道你是我心中的白月光，你照亮了我的黑夜，我温暖了你的清凉。

借用岳云鹏说过的话来做一个结尾吧：

==希望时光不要那么匆忙，不管明天是短是长，我想和你一起流浪，直到世界没有阳光，直到世界打烊。==

雨露均沾

一点、两点、三点……
洒下的不是雨露，
是丝丝的笑意，
亦是我满心的喜欢。

手机壳上印的是秦霄贤，锁屏用的是张云雷，壁纸上写的是——"孟鹤堂天下第一好"，微信头像竟然是德云班主郭德纲，微信签名写的是"最爱'栾怼怼'的小姑娘"……哈哈哈，快检查一下自己的手机，看看我有没有猜对。

爱上传统曲艺，喜欢上听相声，喜欢上德云社。那么，德云社里你心中的白月光又是哪一位？你到底是郭德纲的"钢丝"，还是"大林子"的"护林军"？是"小岳岳"的"岳饼"，还是老秦的"白月光"？是张云雷的"柠檬"，还是杨九郎的"栗子壳"？

要我说呢，都不是，我手里捧着一泓清澈，一点、两点、三点……洒下的不是雨露，是丝丝的笑意，亦是我满心的喜欢。

这样的喜欢是不是有点"雨露均沾"的味道？但为什么又说不是"雨露"呢？

"雨露均沾"作为一个梗，最早出现在宋小宝的小品《甄嬛后传》中，宋小宝演的妃子扭捏作态，跷起兰花指，说："这后宫佳丽三千，皇上就偏偏宠我一人。于是我就劝皇上一定要雨露均沾，可皇上啊，非是不听呢。"一时间，"雨露均沾"这个词就火遍全网。这个词，我理解的意思是：不偏袒谁，也不独宠谁。这种意思很像我对德云社各位角儿的喜欢。

郭德纲历经辛苦终得灯彩佳话
郭麒麟踏实做人不仗出身家世
栾云平聪明豁达"爱徒"台风稳健
岳云鹏憨头细眼却是上人见喜
张云雷小曲出口台下绿海翻腾
孟鹤堂风流倜傥不掩满身才华
张鹤伦四平八稳却又雅痞兼具
周九良沉着冷静不容半丝虚假
张九龄"龄龙"少年谓之可爱有加
秦霄贤公子如玉偏爱身着大褂

这种喜欢像极"雨露均沾",但不是。其实"雨露均沾"这个词中的"雨露"二字,就表示恩惠的意思。对角儿们的喜欢能用"恩惠"这个词来形容吗?难道我们的喜欢是对他们的恩惠吗?怎么可能!

我们不是以高高在上的姿态俯视他们,布施恩惠,也不是以小花小草仰望太阳的姿势去仰慕崇拜他们。我们与角儿们是平等的,我们是互相滋润的。

他们引导我们爱上了相声、爱上了曲艺、爱上了传统文化,给我们的生活播洒下了快乐,温暖了我们那些消沉暗淡的日日夜夜。我们为他们的成就喝彩打"call",不吝啬自己的言语赞美,在台下奋力挥舞荧光棒,让台上的他们更加神采奕奕,让他们被更多的人知道并喜欢。

我们和他们,彼此温暖,彼此成就。如果非要用"雨露"这个词,那么,我们和他们是彼此的"雨露"。

说到这里，我突然感到我们追的星、捧的角儿，并不是一个，而是一类。

我爱"大林子"的书生意气，一举手一投足，温柔谦和，气质非凡；爱"壮壮"的口若悬河，醒木一拍，古今单口滔滔不绝；爱"郭于"一个眼神的默契，一位嬉笑怒骂引众人开怀大笑，一位默默支持捧得稳稳当当；爱孟哥的多才多艺，在创新和传统之间游刃有余；爱九良的少年老成，他一颦一蹙，尽显历经世事的稳重……说了这么多，我才发现，自己心底里热爱的更多的是相声这门曲艺。这些角儿们是在五彩缤纷的娱乐世界中，带领我们走上热爱曲艺道路的人。

==正如一位德云女孩所说的："是喜欢说相声的人带着我喜相声的。"==

是呀，喜欢说相声的人，这些人打开了我们通往快乐的大门，打开了我们热爱传统曲艺的大门。而喜欢说相声的人，可不仅仅是我们心心念念的那几位角儿。

谁说站在光里的才是英雄？

那些你还叫不上名字的小相声演员，他们也在拼尽全力，认真地对待相声这门曲艺。

他们也许是在小园子里，一周演十场的相声艺人，但我们却不知道他们的名字，或只是在主持人报幕时，才偶尔听见他们的名字。但这又有什么呢？他们在默默无闻、跌跌撞撞中，把对曲艺的这份热爱演绎到极致。

<u>他们也值得所有的"雨露"。</u>

还有呢？像我们听到过的《扒马褂》《拴娃娃》《打灯谜》《卖布头》《贼说话》等，都是一些传统相声，是相声的根。相声如同一棵大树，再高再大也有根。

就像郭德纲先生在一本书里说的那样："自打清末到现在一百多年，这么多老先生，把中国语言里边能构成包袱、笑料的技巧都提炼出来摆在这儿了，你无论说什么笑话，这里边都能给你找出来。"

"单凭你一个人，你拼得过一百多年这么些老先生的智慧吗？"

"好比说厨师炒菜,你可以发明新的菜,但最起码你要知道什么是炒勺,哪个叫漏勺。你拿个痰桶炒菜说是革新,那谁敢吃啊?"

郭德纲先生用最通俗的语言告诉大家:不管怎么革新,老一辈传统艺术家们的传统相声是根本。

寻根溯源,陡然间,我对这些老一辈相声艺术家肃然起敬。

高高瘦瘦的马三立,可谓是相声界泰斗、幽默大师。他嗓音略带沙哑,说起相声来,就像一个有意思的老爷爷在跟你拉家常,你一个不防备,就被老先生的包袱儿逗得喷饭。比如马老先生的一段单口相声《家传秘方》。开始时,像是跟你聊买东西时要注意些什么,有固定场所的生意人一般不骗人,那些游街串巷的生意人经常骗人。然后又跟你说了卖东西骗人的小把戏,比如卖便宜香油,下面一半是茶水;卖松花蛋吧,结果是土豆外面糊上一层泥。接着,又说起自己买蛋糕被骗的事儿。最后说到他表弟。表弟特别聪明、机灵,身上有皮肤病,经常刺痒。一天,他在街边遇到一个卖药的小伙子。这个小伙子手里托着一个大纸盒,盒子里装的是"家传秘方"——专治皮肤病,而且还挺便宜,五毛钱一份,不灵不要钱。

老先生慢悠悠地说，我吃着冰棍靠在椅子上慢悠悠地听。

表弟晚上睡觉，身上刺痒得受不了，忙拿出"家传秘方"来，打开锡纸包，里面是白纸包，再打开白纸包，里面还是白纸包……一层一层又一层，表弟越着急，身上越刺痒。

==这时，我心里也跟着着急：到底是什么样的灵丹妙药哇？==

最后，层层纸包打开，上面写着俩字：挠挠。

哈哈哈，一个冷不防的包袱儿兜头而来，让我差点儿把手里的冰棍笑掉。

这就是传统相声的魅力。故事虽小，却层层铺垫，引人入胜。就像剥笋，一层一层，最后才露出内芯。这样的相声不管是从语言艺术角度看，还是从表达形式看，都是传统相声的精品，给后来的相声提供了一个绝好的范本。

另外，还有侯宝林、刘宝瑞、马季等，这些老一辈相声艺术家，他们值得我们所有人尊敬和热爱。

最近，我经常在网上看到一些帖子下面，有人对德云女孩表示强烈不满。原因是有些德云女孩非常不理智，甚至在一些戏曲视频下留言，标榜自己是德云女孩，声称戏曲起源于德云社，等等。看到这样的留言，我真的很无奈：请先了解一下戏曲的发展史再说，好不好？！

还有一些德云女孩口口声声说喜爱德云社，于是容不得其他人喜欢别的相声名家和相声团体，甚至肆意去贬低其他人。我觉得这样的喜欢，不是真正的喜欢。这样的爱，是一种狭隘自私的爱。真正的德云女孩是在德云社的引领下，爱上相声这门艺术，爱上传统曲艺的。从小爱到大爱，才无愧于自己的内心。

因为热爱，所以温暖。因为懂得，所以"均沾"。

从郭德纲到秦霄贤

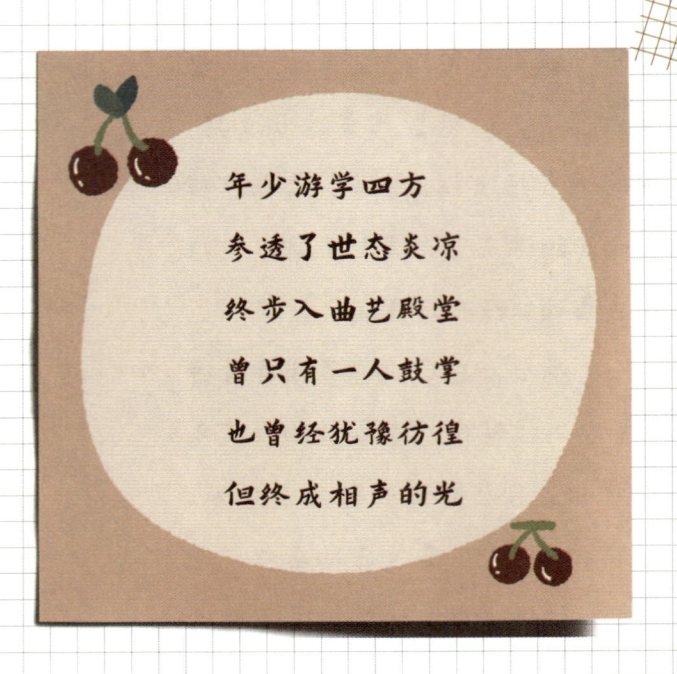

年少游学四方
参透了世态炎凉
终步入曲艺殿堂
曾只有一人鼓掌
也曾经犹豫彷徨
但终成相声的光

敞开窗户，望向窗外一角天空。不妨听一首歌，让时光沉静，让岁月轻轻——

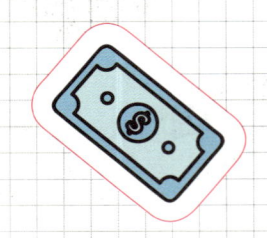

年少游学四方
参透了世态炎凉
终步入曲艺殿堂
曾只有一人鼓掌
也曾经犹豫彷徨

但终成相声的光

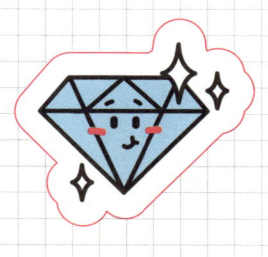

我可以做到自强不息
开辟新天地
我可以背负流言蜚语
救你于颓靡
我可以承受同行打击
去传承曲艺
也愿意精益求精 
博览典籍　融汇古今　博你欢心

炉火纯青　宾客满席
却不知台下的我拼命练习
只为守那一初心

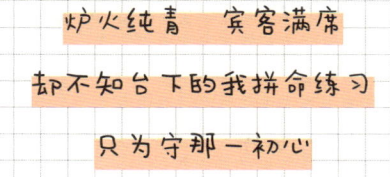

可不可以　少几分质疑
世间浮沉　谁都不容易
认真学艺　没什么私欲
只愿带你领略曲艺的魅力
不奢求　让每个人都欢喜

只希望　让曲艺得到延续

四方戏台　不轻言放弃

且行且珍惜

台上的笑声

经典的曲艺

能否留下回忆

愿台下的你　来同舟共济

一起将传统延续

可不可以　多几分善意

我非圣贤　只靠一个"勤"

能力有限　仍不断精进

但求经典能重新焕发活力

不堪当"留取丹心照汗青"

只希望　尽自己绵薄之力

磨砻淬砺　愿不虚此行

只求无悔矣

可不可以　别将它（传统曲艺）忘记

时代更迭　它随风流去

初创德云　经历了风雨

而我早已蜕变得无懈可击

每当我　回想起那些曾经

戏台后　泪流满面的光景

折扇醒目　带给我安心

请诸位细听

云鹤九霄　承载着曲艺
与你同期许

现在，我要问正在听歌的你：你知道这首改编版的《可不可以》里面的"我"说的是谁吗？对！说的就是德云班主郭德纲。

如果时间倒退回三十多年前，你在北京街头看到郭德纲，你肯定不知道这个小黑胖子是何许人也。

==1988年，只有十五岁的郭德纲第一次来到了北京。==他来北京的目的说起来很有趣，是想成为一名体制内的相声演员。郭德纲从小就开始学习评书、相声、京剧、评剧等，说、学、逗、唱这些相声的基本功那是相当扎实。因此，他轻轻松松就考上了全国总工会文工团新成立的说唱团。原以为可以在文工团大显身手，没想到天天做的只是一些端茶、倒水、扫地的杂活。而且，这个说唱团因为种种原因，第二年就解散了。于是，郭德纲又返回了天津。

回到天津，郭德纲跟着一个郊区小剧团搭班唱戏，四处走穴。1994年，他"二闯"北京。但这次只待了三四天，就又回到天津。

1995年秋，心有不甘的郭德纲决定"三进"京城。在第三次闯荡北京时，他认识了于谦、石富宽等相声演员，还拜侯耀文为师。

2000年，郭德纲首次与于谦合作。郭德纲曾说过：找一个好搭档，比找女朋友、找老婆还要难。在于谦之前，他没有遇到过更合适的。在一段相声中，郭德纲说自己也曾和别的演员合作过，但没有和谦儿哥的这种默契。如果说他是一支钢笔，那谦儿哥就是钢笔帽。这钢笔拿起来写字画画，你看挺好吧，可没有这笔帽，一会儿就干了，就写不了字了。一定是有笔帽、有钢笔，缺了谁都不行。

有了好搭档，有了众人的帮助，再加上自己的实力，郭德纲和德云社终于在北京站住了脚。这时的郭德纲"品人间冷暖，观荣辱纷争，自浊自清自安然"。这时的郭德纲还很年轻，但不轻狂。他知道成功的背后，绝非凭一己之力，而是"三分能耐，六分运气，一分贵人扶持"。

==德云社干起来不容易，郭德纲一路走来也不容易。==

但每次说到这些，很多人就会不以为然地说："说这些干吗，我们喜欢的是满口金句，在台上神采飞扬、沉着淡定，逗人于无形的郭德纲。我们不想看那些卖惨的血泪史！"

可是，这不是什么卖惨的血泪史，这是一个在北京举目无亲的草根，从一个无人问津、四处碰壁的无名小卒到现在成为相声界大腕儿的奋斗史。如果你不了解这些，你听那么多金句有什么用？因为你根本理解不了里面的苦辣酸甜，理解不了其中包含的人生真谛。

想一想，郭德纲第一次独自闯荡北京时才十五岁。第三次闯荡北京时，也不过刚刚二十岁出头。

现在二十岁左右的孩子，大多是在大学里享受着最美好的时光。可是，二十岁出头的郭德纲就已经进过小剧团，在小剧团里打过杂、跑过腿、当过配角儿；二十岁出头的郭德纲为省钱，住在北京郊区最便宜的出租房里，吃着自制的最禁饿的面条糊糊就大葱……

即使在这样的困苦下，郭德纲也没有放弃。他没有像有些人那样，遇到困难就逃、就躲，就找借口说："现在时机未到，我要伺机而动。"然后躺平或溜之大吉。郭德纲不一样，他一边哭一边给自己打气："天将降大任于是人也，必先苦其心志，劳其筋骨，饿其体肤……"在磕磕绊绊、摸爬滚打中，郭德纲磨砺淬炼了一身本领，做出了"让相声回归剧场"的决定。他觉得电视是个快餐，炖不出"佛跳墙"来，而相声需要细品慢炖，相声需要从电视中回归到剧场里。

俗话说得好："万事开头难。"

原来是撂地摊说相声，再高级点，也不过是去茶馆里说，不在电视里说。在剧场里说相声，这个想法可以说是十分大胆，当时德云社的演员没有剧场表演经验，观众呢，一时间对在剧场听相声还不太适应，不太认可。

记得郭德纲在一次采访里回忆当初只有一位观众的演出经历，有心酸，也有骄傲。

当时，台底下只有一位观众。演出经理忙跑过去问郭德纲："就来了一位，还演不演？"郭德纲毫不犹豫地说："演！"后台的演员都开始换大褂。郭德纲后来说自己当时的想法是，如果今天放走了这一个观众，那么就相当于将来放走十个观众。到郭德纲上场给这一个人说相声时，他对这位观众说："你要好好听相声，上厕所必须跟我打招呼，今天动起手来你跑不了，我后台人比你多。"那位观众听得哈哈大笑。

郭德纲说起这件往事时，觉得有点心酸，又觉得挺有意思。我觉得这"有意思"里应该还带着点骄傲——正是当初的不放弃，才有了现在的花团锦簇。

世界上没有白受的苦，苦难一寸，强大一分。总有一天你会笑看过往，品尝甘甜。郭德纲也是一样。当那些苦难已成过往云烟，他也不再是那个深夜站在马路牙子上流着泪给自己打气的小黑胖子了。他历经世事，练就了一身的本领，更有磨难后生出的感恩和自律："江山父老能容我，不使人间造孽钱。"

眼看着德云社渐渐有了起色，郭德纲"斗胆"向原来经常合作的于谦发出了邀请，希望于谦能加入德云社。于谦欣然同意。这一迎一合，成就了一对天造地设的好搭档——舞台上的好搭档，舞台下的好兄弟。

在于谦加入之后，德云社更是如虎添翼，日益壮大起来。俗话说"树大招风"，没过多久，各种麻烦纷至沓来，大小风波一浪接一浪地扑向德云社。

"疾风知劲草，板荡识诚臣。"不出事难以看出人品，"四大台柱"纷纷离开德云社自谋生路。这些"台柱"的离开不仅动摇了"军心"，而且还顺手带走了好几个德云社的优秀徒弟。德云社面临被封杀的处境，昔日伙伴一个个黯然离开，郭德纲真

有点"众叛亲离"的架势。想必当时的郭德纲也会生出心寒意冷之意吧，要不他怎么会有"登天难，求人更难。黄连苦，无钱更苦。江湖险，人心更险。春饼薄，人情更薄"的感慨呢？

==幸好这个时候还有于谦老师在，还有众多徒弟在。==

一直只想过简简单单生活的于谦，没有在这时选择离开。他说如果自己离开德云社，那只有三个原因：一是老到上不了台了；二是自己的相声造诣停滞不前了；三是郭德纲有了新搭档不需要自己了。其实，这是在变相表明不管遇到什么困难，他都不会离开。

徒弟李云杰和李鹤东哥俩曾跟郭德纲说过，如果德云社真坚持不下去了，他们家拆迁分了三套房，兄弟俩一人一套，剩下一套他们就卖掉，把钱给郭德纲，报答师恩。如果日后还能继续说相声，他们俩就跟着郭德纲一直说下去。

有人会感慨，郭德纲的这俩徒弟可以呀，忠肝义胆、义薄云天。其实，在我看来，这两个徒弟是懂得感恩。这是一种双向奔赴的师徒之情。平时郭德纲对待徒弟们，就像一位父亲对待自己的儿子们一样，慈爱又严苛。==他除了教给徒弟们相声上的技巧，还教给他们为人处世的原则——谨言慎行、谦逊知礼。==

记得在《德云斗笑社》中，郭德纲先生召集徒弟们开家宴，让徒弟们品尝各种奇葩菜码。每一道奇葩菜码背后，都藏着对徒弟的点拨。郭德纲先生会告诉他们：不要被眼前的流量迷惑，要沉下心来，认认真真学艺，踏踏实实做人。

他教徒弟们勤奋，说："见过要饭的要早饭吗？他要是起得来，就不用要饭了。"

他教徒弟们不气馁，说："早成者未必有成，晚达者未必不达。"

他教徒弟们看淡得失，说："我争者人必争，极力争未必得。我让者人心让，极力让未必失。"

他教徒弟们为人处世，说："能受苦乃为智士，肯吃亏不是痴人；敬君子方显有德，怕小人不算无能。"

……

这些通达的智慧，不仅使他的徒弟们受益，对我们来说，也同样如同一座座灯塔，照亮我们前行的道路。

一步步苦熬苦掖,德云社走到了今天。队伍也从最初的"云"字辈,延续到了"龙"字辈。

从郭德纲到秦霄贤,"云鹤九霄"笑傲江湖。

当初那个在京城形单影只的人,之所以能苦苦坚持,想必是心里有一个大大的执念。那个执念到底是什么呢?郭德纲先生在他的一本书里写道:"我爱相声,我怕它完了。"或许,这就是了。

现在的郭德纲心态平和,从容淡定,说起以往的是是非非、坎坎坷坷,他只是微微一笑:"天涯犹在,不诉薄凉。"

至于以后会如何,不如交给时间,看时间怎么说……

"文艺女孩"和"逗比先生"

> 是遇到你,这满身的才华才有了安放的家?
> 还是遇到你,才有了这满身的才华?
> 这个问题好像无解。
> 不过,没关系。
> 反正遇到你,快乐,就在心里发了芽。

在这个文艺繁荣、娱乐缤纷的时代,有这样一群女孩,她们如同黑土地上开出的一朵朵紫云英。没有牡丹的高贵,没有玫瑰的娇媚,甚至没有茉莉的香氛,她们无人喝彩,但却自得其乐、兀自芬芳。

她们耳朵里听的是相声,手里拿着的是折扇,嘴里哼的是小曲儿,心里爱的是曲艺……她们就是德云女孩。

她们不张扬、不叛逆，貌似平平无奇，走近了才知个个"身怀绝技"。有的填词、作曲、剪辑门门精通，有的吹拉弹唱样样都行。可以这么说，她们是一群多才多艺的"文艺女孩"。

原本这群"文艺女孩"喜欢看看书、写写字、弹弹吉他、唱唱歌、做做手账、蹦蹦迪……可突然有那么一天，她们走进小剧场，听了一场相声，品了一段小曲儿，这才发现，这不显山露水的相声竟然如此古朴又新鲜，有料又有趣。她们的生活从此不再单调枯燥，快乐在心里发了芽、开了花。

她们快乐，她们痴迷，她们带着小本本记词记段，张口就能来一段小曲儿；她们学三弦、学快板、学唱戏……比资深票友还着迷。这种痴迷让她们满身的才华发挥到了极致。

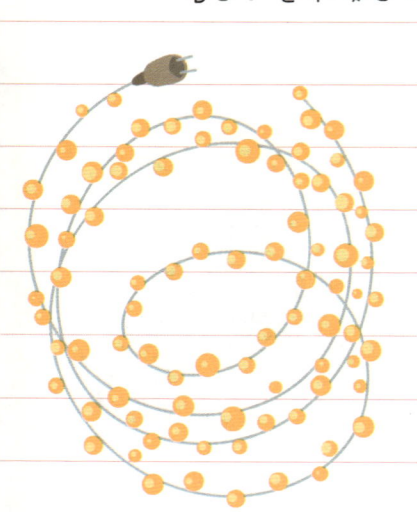

这一切的一切，都只是因为遇到了他们——一群"逗比先生"。

这群"逗比先生"人人精通"说学逗唱"。他们的绝技是于不动声色中冷不丁儿地抛出一个"包袱儿"，让人毫无防备地哈哈大笑，直笑到前仰后合、涕泗横飞。

之所以叫"逗比先生"，是因为他们里面没有一位女士，人送外号：亚洲最大传统艺术男子天团。

说到这儿，大部分人可能已经猜到了。没错，这个"亚洲最大传统艺术男子天团"就是——德云男团。

很多人说："现在没点能耐在身上，都不知道该如何在强手如林的世界里存活了。"是呀，能让众多"文艺女孩"魂牵梦萦、心心念念的"逗比先生"，断然也不是吃白饭的。他们实力强大，不管是长篇的贯口，还是"扎嘴"的绕口令，都能坦然应对。只见他们两片嘴唇上下翻飞——一段、两段、三四段，相声说起来是滔滔不绝，口若悬河。

"文艺女孩"与"逗比先生"，这两个本来毫不相干的群体，就这么被一瓶强力胶黏到了一起。这瓶强力胶就是传统曲艺。

"文艺女孩"们从四面八方聚拢过来，咖啡厅、书店、酒吧、迪厅……有人说："德云男团最大的功劳就是把很多小姑娘从酒吧带到了剧场。"两个团体在互爱互怼中相互成长、各自强大。

说到这里，很多人可能对这群文艺范儿十足的德云女孩非常感兴趣。

这是一群怎样的女孩呢？

什么是德云女孩？

她说："说学逗唱都能模仿，诗词歌赋当仁不让。"

德云女孩多才多艺。她们用自己的方式去热爱那群"逗比先生"。是他们逗她们开心，带她们喜欢上曲艺，带她们感受传统文化的魅力。有的女孩，照着"德云男团"的几张照片，就能画出可可爱爱的Q版漫画；有的女孩收集"德云男团"的各种精彩瞬间，配上动感音乐，运用卡点节奏，制作视频向全世界介绍这群"逗比先生"；有的女孩给流行歌曲重新填词，把对"德云男团"的喜爱写进歌词里，自己倾情翻唱；有的女孩用"德云男团"唱过的小曲儿名，给经典词牌名填词。比如，歌词改编——

《可爱颂》德云版

说学逗唱　德云社样样都精妙

云鹤九霄龙腾四海绝对可靠

生旦净末喧闹开场　个个都是宝

台下人声喧哗　台上锣鼓正热闹

一捧一逗观众齐声叫好　真好

德云班主郭德纲被叫作桃桃　小桃桃

于大爷于师娘年虽长内心却不老

吃喝抽烫都要　一个也别逃跑

德云相声　大家爱

德云先生　惹人爱

德云的角儿们　真可爱

真真真可爱　真可爱

小小的园子　大家爱

大大的专场　惹人爱

传统的曲艺　砰砰砰砰（醒木声）

真可爱呀　一直爱

比如，用小曲儿名给经典词牌填词——

水调歌头·画中寻

听潮清水河，挡谅定军山。画中秦淮景美，月光洒人间。我欲身骑白马，纵入照花台边，休洗红看遍。奈何花深里，春闺梦连连。

叫小番，送情郎。游西湖，终了何处？红月娥做梦花田错。爱似流星一瞬，午夜派对心云，相思赋予谁？鹬蚌相争去，离人愁一杯。

这首词里用到的传统曲目和流行歌曲名有：《听潮》《画中寻》《干一杯》《探清水河》《相思赋予谁》《叫小番》《照花台》《送情郎》《春闺梦》《俏才郎》《终了》《月光》《爱似流星》《红月娥做梦》《心云》《人间》《秦淮景》《游西湖》《花田错》《休洗红》《挡谅》《身骑白马》《奈何》《定军山》《鹬蚌相争》《离人愁》《午夜派对》。

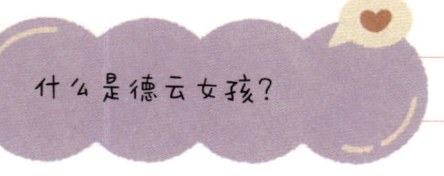

什么是德云女孩？

她说："能唱流行歌，也能哼小曲儿。"

流行歌曲人人爱，德云女孩当然也不例外，说起一首首流行歌曲来如数家珍。只不过，她们在流行歌曲之外，还痴迷小曲儿。她们手机的歌单里有好多"逗比先生"们最火的小曲儿，比如《探清水河》《大西厢》……她们唱得有板有眼。学校的各种活动，比如各类联欢会上，你喜欢唱《晴天》，她喜欢唱《画扇面》——

"这一幅扇面儿画出北京城，

北京城来实在威风。

里七外八皇城四，

九门八殿一口钟，

三宫六院画朝廷，

文武官员列摆西东……"

折扇一摇，长发飘飘。恍惚间，你仿佛穿越到了过去，窗棂隐隐，树影婆娑，一位佳人立于窗前，对着扇面精画细摹。

德云女孩除了小曲儿唱得有模有样，各种乐器也不在话下。她们不仅会弹吉他、尤克里里，而且会打快板、调三弦、弹古筝、拨中阮、吹葫芦丝……

瞧！两片小小的竹板在手里轻盈翻腾，她们不慌不忙开了口——

哎，那同仁堂，开的本是老药铺，
先生好比这个甩手自在王。
药王爷就在上边坐，十大名医列在两旁。
先拜药王后拜你，那么你是药王爷的大徒弟。
……

什么是德云女孩？

她说："会讲笑话，也能说贯口。"

对于喜欢相声的德云女孩来说，讲讲笑话、调节调节气氛那简直是小菜一碟。

比如，大家首次见面，气氛凝重尴尬，德云女孩一出场，分分钟利刃破冰，尴尬解除，气氛开始热烈。

除了随口而出的小笑话，大小贯口德云女孩也能张口即来。贯口嘛，听名字就知道，讲究的是一气呵成、一贯到底。说贯口得思维敏捷、口齿清晰、记忆力超强才行。尤其是大贯口，一般上百句，比如《报菜名》——

"还有红丸子、白丸子、熘丸子、炸丸子、南煎丸子、苜蓿丸子、三鲜丸子、四喜丸子、鲜虾丸子、鱼脯丸子、饹炸丸子、豆腐丸子、氽丸子……"

能一口气说得了这些，背个语文课本中的文言文片段简直就是下一场毛毛雨。

什么是德云女孩？

她说:"就是个女孩呀。"

为什么在"女孩"前面加上"德云"两个字,大家就总觉得不一样,甚至有时候还会招来非议呢?其实,她们只不过是些普普通通、喜欢听听相声、喜欢传统曲艺和传统文化的小女孩。她们也喜欢在课余追追剧,也会玩游戏,也会偶尔发发小脾气,也会伤心时落泪、快乐时"嗨皮"。她们,也喜欢做粉红色的梦。

纯纯的普通小女孩一枚,仅此而已。

有些人在评论德云女孩时会说:"德云女孩的出现,是因为她们旺盛的青春和满腹的才华无处安放。德云男团的出现,正好给她们提供了一个合适的落脚点。"

真的是这样吗?

是遇到你,这满身的才华才有了安放的家?还是遇到你,才有了这满身的才华?

这个问题好像无解。

不过,没关系。

反正遇到你,快乐,就在心里发了芽。

第三章

甜甜的 CP

甜甜的 CP

人说知己难寻，

我一遇就遇了大半辈子。

人说入对难成，

我一搭就搭了往后余生。

<u>在德云社，有人的地方就有甜甜的CP。</u>

一说到CP，你是不是瞬间露出"坏笑脸"？快收收你的口水和那一脸的姨母笑吧！有的小姐妹秒懂，但是也有的小姐妹还是一脸蒙。到底啥叫CP呀？不懂的小姐妹别着急，听我慢慢说给你听……

CP原本是"couple"的缩写，也就是"情侣"的意思。但是，现今火爆全网的CP的含义，也得到了无限拓展。比如，德云社里有好多对甜甜的CP，这里的CP指的是"好搭档""好兄弟"，用来形容对口相声演员，两个人台上是配合默契的好搭档，台下是相处和谐的好兄弟，也就是我们常说的"最佳拍档"。

很多德云女孩嗑CP，其实嗑的就是他们之间的神仙友谊和兄弟情深。

既然刚才提到德云社里有很多对甜甜的CP，那么，今天在这里，咱们就来撒一波狗粮，让大家都来甜个够。

那还犹豫什么，来吧，展示起来！

==首先登场的，必然是我们的头号CP——郭德纲和于谦。==

这二位不用我详细介绍，地球人都知道吧。

这二位在德云社辈分最大，搭档时间最长。郭德纲先生和于谦老师在一起搭档已经二十多年了。

台上，郭德纲先生抛出的大大小小的包袱儿，于谦老师都能稳稳接住。这可真是不简单哪！对口相声演员，一般都会在上台前，提前对好多遍台词，上台时直接照词说就行。"郭于"可不一样。郭德纲先生曾经说过，他和于老师从来不按固定的词演，很多词都是临场发挥。佩服哇，佩服！这得是多有默契，才能做到这样此呼彼应啊。

台下，两人更是情同手足。每年于老师过生日，郭德纲先生必定送上微博祝福，其中一句是"唯愿此生永伴同行"。于谦老师呢，更是在微博晒出两人的合影，并配文"人间烟火，山河远阔"。这样的神仙友谊，让多少人为之动容。

在郭德纲、于谦合作二十周年相声专场的宣传海报上，郭德纲先生笑容灿烂，上面写道："人说知己难寻，我一遇就遇了大半辈子。"于谦老师的海报上写道："人说入对难成，我一搭就搭了往后余生。"

一个是底层草根，一个是京城少爷；一个是历经坎坷，一个是养尊处优；一个是台上舌灿莲花、台下社交恐惧，一个是台上随声附和、台下呼朋唤友……他们两人天差地别，却又天造地设般搭配。

虽然他们人生际遇不同，却是彼此生命中缺失的那一角。遇到彼此，才是圆满。

于谦五十岁生日时，郭德纲先生再送祝福："半百光阴人未老，吃喝抽烫志犹坚。"于谦老师回："又蒙我角多错爱，天命犹思报德云。"

这甜甜的狗粮一撒，难怪有人羡慕不已："不羡鸳鸯不羡仙，只羡郭德纲有于谦。"

接下来上场的，是德云社"四大巨头"第一名：堂良组合。

堂良组合——神仙可爱孟鹤堂和人间甜饼周九良。听名字就很甜。

孟鹤堂和周九良可以说是纯正的"养成系"CP。刚开始搭档时，周九良才十六岁，孟鹤堂二十二岁。从五队到七队，二人一起"互相搀扶"着走了十年。在无尽落寞和艰辛中，他们相互陪伴，在遭人诽谤时，他们给予彼此最大的支持，从不让流言蜚语在两人之间筑起厚重的墙。

"孟周天下第一好"。只要台上有"堂良"，请速速给我准

备"胰岛素"，因为太甜。有人说了："要不要这么夸张？"那就让我们来盘点一下"堂良"的甜蜜瞬间吧。

有一场堂良表演的《大保镖》，孟鹤堂右手握扇柄，正准备做"夜战八方藏刀式"的最后亮相。这时，他突发奇想，在故意拿扇子"抹"了好几次脖子后，不按原定套路出牌，把扇子背到了自己身后。然后，孟鹤堂一脸小得意地看向身旁的周九良："夜战八方藏刀式，你看我藏起来了吗？"

如果换作第二个人，估计直接蒙了。但他身边站着的，可是相伴了十年的周九良啊！周九良眨巴眨巴小眼睛，拿小手儿一挡眼睛，用最"致命"的小奶音来了一句："我看不见啦……"

这一逗一捧，有肆无忌惮的故意，有无限包容的配合。那一瞬，暖化了多少观众的心。

他们一路走来，在《相声有新人》中拿到总冠军，在《欢乐喜剧人》中成绩优异。这也算对他们十多年努力和

默契的肯定吧。

在一次采访中，周九良说："我就只想和孟哥搭档。"

多好哇，世间最好的陪伴莫过于"你陪我长大，我伴你成角儿"。

人的一生，能有多少个十年，但是属于"堂良"的十年，还有很多很多。

第三对CP来啦，他们就是"九辫儿"组合——张云雷和杨九郎。

一个帅浪，一个丑萌；一个是温柔似水的二爷张云雷，一个是外号"三庆园小霸王"的杨九郎。这一对貌似很不搭的搭档，却在不经意间把观众甜到发晕。

张云雷和杨九郎从2013年开始做搭档。2016年，张云雷在南京南站意外坠台，伤势严重。杨九郎一直陪在他身边，无微不至地照顾着他。后来，大家都觉得张云雷不可能重登舞台，医生也很隐晦地跟张云雷说："以后考虑考虑幕后工作吧。"

这时，很多人，包括张云雷自己在内，都极力劝说杨九郎换搭档,可杨九郎坚持不放弃张云雷。以前的那个"三庆园小霸王"一夜之间卸下了他所有的霸道,执拗地对张云雷说:"你能站起来,我就继续陪你说相声。你要是站不起来,我就给你推轮椅,我们一起转幕后。"

南京事件后,当张云雷第一次登台,杨九郎一直小心翼翼地扶着他。两人在台上,一个忍着不哭,一个努力在笑。

后来,不管是小剧场还是专场,无论是私下坐车回家还是上节目,总能看见杨九郎默默搀扶着张云雷。张云雷说:"我不需要朋友,除了杨九郎。我不需要捧哏的,除了杨九郎。"

一开始是我们携手向前,后来是我扶着你,唯愿你平安。

接下来出场的这对CP有点与众不同,前面的CP都是甜甜蜜蜜,可这对CP却是"相爱相杀"。

都说"头九出征,寸草不生",那两个"头九"碰到一起,还不得把德云社给拆了?哈哈,其实并没有,这小哥俩在"相杀"中也狠狠地"相爱"。他们就是"龄龙少年"——张九龄和王九龙。

上台一鞠躬，这对CP的"相爱相杀"就此拉开了帷幕。张九龄是逗哏，一开口就"砰砰砰"像机关炮一样，向王九龙发起了一波言语上的"进攻"。王九龙也不示弱，句句回怼。奈何捧哏还是话少，眼看着在言语上落了下风，王九龙竟然上手揪起了自己大师兄张九龄的头发。

看到这画面，你肯定直呼："好家伙，这也不甜哪！"

其实，虽然他们经常互相"薅头发"，但还是满心惦念着彼此。也许薅头发正是他们对彼此"爱意"的一种表达呢。

在《德云斗笑社》第一季中，根据游戏规则，采取末位淘汰制。张九龄不幸地拿了最后一名，下一期就要被淘汰。这时，一米九多的大个子王九龙哭得跟泪人一样，舍不得自己的师兄张九龄离开。最后，硬是死皮赖脸地去求师父郭德纲，让张九龄再留一期。

<u>虽然台上"打"得你死我活，但是心底里还是互相牵挂。</u>

"唯愿风雨吉，处处皆是你。""龄龙少年"，未来可期。

<u>最后出场的一对，是德云女孩心中"意难平"榜首——"熙华"组合。</u>

"熙华"是尚九熙和何九华。现在，他们虽然因为工作原因被拆开了，不过我们还是保留着对"熙华"组合满满的爱意。

在德云女孩心里，要说最默契的组合是哪个，那还得是"熙华"。

台上，"熙华"表演《洪洋洞》的时候，两个人不用看对方，也不用任何暗示，何时抬臂，何时落手，两人动作一致。他们知道对方的节拍，两个人简直就是"共用一个大脑"。

何九华和尚九熙硬生生把"对口"相声说成了"对脸"相声。几乎每一场，尚九熙在逗哏时，何九华的眼神从来就没有离开过他。就好像冥冥中有一股无形的力量，把何九华的眼神和尚九熙的脸给牢牢粘在一起了。

两人互相欣赏，彼此成就，最终留给我们的，是一段属于"熙华"的美好回忆。

现在他们分开了，可他们并没有离开。

"熙华"只是换了种模样，用另一种方式在发光。

当然，德云社除了上面介绍的几对CP，还有很多很多对甜甜的CP。比如神仙友谊的"饼四"CP，父子情深的"贤香"CP，相互救赎的"亭泰"CP，共同成长的"祥林"CP……实在是太多了，在这里就不一一列举了。

最后的最后，给大家一个嗑糖小贴士：请大家理智嗑CP，分清台上和台下。这样，糖会更甜，保质期会更长哦。

你嗑的是谁？

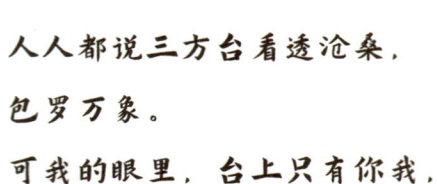

> 人人都说三方台看透沧桑，
> 包罗万象。
> 可我的眼里，台上只有你我，
> 颦笑都一样。

如果用"嗑"组词，你能组出哪些词？

嗑牙、嗑口、嗑瓜子、嗑CP，等等。"嗑CP"是个什么梗？

"嗑"本意是"吃"，后来常被用于网络，表示喜欢或支持的意思。"嗑CP"当然就是指支持自己喜欢的组合喽。

说到CP，可以说这是德云社的特产。众所周知，德云社堪称"亚洲最大制糖厂"，专门盛产甜甜的CP。

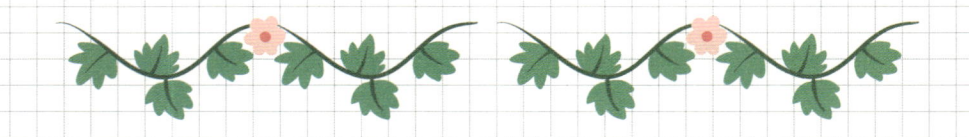

德云社都有哪些糖量超标的CP呢？上一篇我已经给大家粗略地盘点了几对甜掉牙的CP，不知道有没有提到你嗑的那一对？不得不承认，如果把德云社里所有的CP都拿出来细写，恐怕再写十篇都不一定能写完。所以，这篇我就自私一点，写一写自己喜欢的这对组合——堂良。

大家都是怎么认识"堂良"的呢？因为他们是综艺节目《相声有新人》的总冠军？或是因为他们是"德云社四大巨头"之一？==不管你是因为什么认识了他们，接下来，有了孟鹤堂和周九良的陪伴，你总能轻而易举地感受到扑面而来的清甜气息。==

最喜欢孟鹤堂明媚的笑容。堂堂笑起来，眼眸中含着星辰大海，暖阳灿烂。那种灿烂，能把人瞬间从黯然神伤中拉出来。看堂堂的笑，你会顿觉万物清朗，烦恼尽消。

喜欢堂堂，看遍堂堂所有的相声和综艺，这才注意到他身边那位有点佛系的搭档——周九良，注意到九良看向堂堂的眼神，里面有依赖、有关心、有喜爱……很多感情交织在一起。平时的九良不多言语，踏实冷静，温和淡然。但是一旦他的孟哥遇到状

况,他便一下子变得伶牙俐齿、眼神犀利。九良就这样不管台上台下,无时无刻不在全力护着他的孟哥。

比如一次演出时,一个女生不知道出于什么心理,送给堂堂一顶绿帽子。堂堂出于礼貌,客客气气地收下了。但站在一边的九良一下子发了火,他用扇子把帽子砸扁,气愤地扔到桌子下面。

《相声有新人》结束后,有人介绍周九良说:这位就是我们的冠军。但周九良字字铿锵地回应自己只是冠军的搭档。九良基本功扎实,孟哥希望九良不要因为捧哏被埋没,希望九良的能力被大家看到,希望他能火一点,再火一点。可九良却希望能一直安安心心做孟哥的佛系捧哏,不抢风头,不争名利。

时时维护,处处力捧。这样的神仙友谊,这样的兄弟情深,这样的心有灵犀,常常让人感动到泪目。

对堂良的喜欢,始于堂堂,沦陷于九良。

有人说:"陪伴是最长情的告白。"我觉得这句话,用在堂良身上,再合适不过。

那年,孟鹤堂二十二岁,周九良还是周航。孟鹤堂在传习社中看到青涩懵懂的周航,主动向师父申请,让周航成为自己的搭档。那时候,没有人能预测到,他俩这一搭档,就是十多年。

十六岁的周航跟随二十二岁的孟鹤堂,孟鹤堂不仅是他的师兄、搭档,更是他在生活上可依赖的"老父亲"。那时候,周航的头发长了,孟哥会领着他去理发店;周航生病了,孟哥会带他去医院。在周航最敏感脆弱的青春期,他的委屈、他的孤单、他的叛逆都有人理解,他的开心、他的成绩、他的愿望都有人分享。这个人,就是他的孟哥。

孟鹤堂曾在一次采访中说:"我也算经历了周老师的青春期和叛逆期了,哈哈哈……"

从能把小剧场嗨翻天的五队,到被众多德云女孩念念不忘的神仙老七队,世事变迁,唯独没变的是孟鹤堂身边一直站着周九良，周九良身边一直站着孟鹤堂。"孟鹤立于笑堂上，周生久伴良人旁"。

孟鹤堂离不开周九良，周九良也离不开孟鹤堂。缺了一个，都不能算是"孟周天下第一好"。

十多年的搭档，他们已经习惯了彼此的存在。

熙熙攘攘的观众来了又去，去了又来；大褂的颜色红了又绿，绿了又蓝。岁月流淌，好多人忘了好多人，好多人离开了好多人。变来变去，唯一不变的是"你一转头，我就在你身后"。

在《相声有新人》的一期节目中，有一幕让我至今难忘：周九良一个人在台前表演，也许是因为没有孟哥陪在身边，他显得有点紧张，周九良下意识地转头，眼神刚好遇到孟哥含笑的目光。

下意识地寻找孟哥，已经成了周九良的习惯。不管什么时候，孟鹤堂永远是他坚强的后盾，他冲周九良灿然微笑。这微笑就是周九良的一颗定心丸，好像在告诉他："有孟哥呢，别怕。"周九良回过头来，便有了独自表演的勇气。

你的一个眼神，一个小动作，我都懂得。用现在很流行的一句话来形容这个状态，大概就是："我预判了你的预判。"不管是台上还是台下，堂良做出来的动作总是神同步。台上的他们不用看彼此，一抬手一转头，一开扇一迈步，竟然能做到不差一分一秒。记得有一场颁奖典礼，孟鹤堂和周九良往台下一坐，落座的方式，转头的方向，就连跷起二郎腿的节奏都是如出一辙。也许，这就是"十年堂良"下意识的默契吧。

人人都说三方台看透沧桑，包罗万象。可我的眼里，台上只有你我，颦笑都一样。

十年风雨，"我没有时间思考，也没来得及犹豫，我就是想要保护你"。这世上的非议很多，风雨很大，大到模糊了他们的视线，大到让他们有时会在谩骂和谴责声中无法呼吸。当周九良还是周航的时候，是孟哥为他遮风挡雨，把他护在身后。后来，懵懂天真的周航变成了沉稳老练的周九良，他可以独当一面，这世间风雨的洗礼就换周九良来承受。

在一次《相声有新人》的采访里，有位小姐姐问孟鹤堂新作品准备得怎么样

了。那个时候，孟鹤堂正忙着准备七队的小封箱和德云社的大封箱，进度稍微慢了一点，他讪笑着回答说写一半了。小姐姐显得有点不满，说：才写了一半。一旁的周九良上一秒还是温和敦厚脸，下一秒立马变冷漠，他不依不饶地回怼说："什么叫'才'一半？"那一刻，我真的感觉到软软糯糯的"团子"长大了，变成了能替孟哥挡住流言蜚语的小先生了。

2018年左右，孟哥被骂得很惨。面对旁人的谩骂和谴责，孟哥有点崩溃，在一次《八大吉祥》的演出中，他的声音已经略带颤抖。周九良作为"头九"的老三，直接在台上砸挂：木兆不念桃念什么，外界对你的质疑，你不要理他们。

不是在花团锦簇的时刻才想到你，而是在你需要我的每一个时刻，我都竭尽全力护你周全。

"孟周有多甜，吉他配三弦。"大家都知道周九良三弦弹得好，但是不知道你有没有注意到，九良在给别人伴奏弹三弦时，手指上都戴了义甲，唯独在给孟鹤堂伴奏时，为了效果更好，他基本不戴义甲，素手弹三弦。会弹三弦的小伙

伴可以试一试，素手弹三弦久了指尖会有多痛。知道了这种痛的滋味，才能感受到九良的用心良苦。

在这个浮躁的世界里，"信任"二字实在是太难得。堂良之间是一种什么样的感情呢？是搭档、朋友、兄弟的感情？好像这些都不够。在《德云斗笑社》里，有一个小游戏，是让周九良挑选一个人的微信删掉，周九良毫不犹豫地选择删掉孟鹤堂，原因是他知道删掉孟鹤堂，能随时再加回来，他们互相信任。只有安全感满满，相处才会这样肆无忌惮。

说到这里，很多人会被堂良的感情甜到头晕。于是，有人开始陷入自我幻想，网上出现了很多堂良同人文，有些同人文里不乏亲密露骨的描写。对于这种现象，我不想做什么评论。只是希望不管是写同人文的作者，还是读同人文的读者，都不要上升正主。

堂良终归只是一对好搭档、好兄弟，他们互相陪伴，互相成就。"你陪我长大，我伴你成角儿。"

其实，堂良之间，就是这么简单。

愿二位，不畏人言，继续坦坦荡荡地并肩走下去吧。不纠结取舍，不刻意回避，一直保持最初的姿态和模样。

日日复日日，岁岁又年年……

嗑到了！嗑到了！

山河远阔，人间烟火，

他们，便在这人间烟火里，

陪伴彼此经历繁华和落寞。

在CP如云的德云社里，你是不是被CP甜到满嘴蛀牙了？哈，记住，可不是你一个人哦。不得不说，德云社的CP真的太好嗑了，甜得一众人忍不住直呼："嗑到了！嗑到了！"随便一对搭档往台上一站，就能让空气里泛起甜丝丝的味道。

最近，我在网上看见有人还专门为德云社的CP组合发起投票，让大家自己选出"最甜CP"。网友们的热情那是异常高涨啊，个个不甘落后，积极地为自己心里所爱的那对组合献上宝贵的一票。

看到这儿的你，是不是很想知道最后到底哪一对被选为官方认证的"最甜CP"了？哈哈哈，就不告诉你，就不告诉你，就不告诉你！（此处，德云社大合唱BGM响起）因为，在我心里，每一对CP都可以称得上是官方认证的"最甜CP。"哎，你可别着急喊我"端水大师"哦。

为什么这么说呢？因为对每一对CP来说，"我们不一样，我们都很棒！"就像在大千世界，有各种各样的生物一样，不能说哪个物种比哪个物种更高贵，因为每一种生物都是独一无二的存在。德云社里的CP也是如此呀，每一对都不可替代，每一对都很甜。

比如，上一篇咱们谈到的"养成系"CP堂良，细水长流式的感情让人为之动容。还有"双向救赎"式的CP亭泰——就是刘筱亭和他的好搭档张九泰，真是应了那句"我目睹了你积累勇气的过程，因为，我就是你勇气的源头"。当然，还有"相爱相杀"的CP龄龙、"山

河远阔"的CP郭于……总之，每一对都能甜到我的心里去。

这一篇，我还是沿袭上一篇的"自我"作风，来写一写这对堪称携手走过"鬼门关"的组合吧。

千呼万唤始出来……你心里肯定好奇，哪一对CP这么神秘呀？

<u>对！他们就是"辫儿哥"张云雷和"三庆园小霸王"杨九郎的"九辫儿"组合。</u>

要说"九辫儿"搭档的时间，确实不是很长。比不过郭德纲先生和于谦老师同台二十多年的岁月，也比不过孟鹤堂和周九良长达十余年的兄弟情长。<u>但是"九辫儿"组合的近十年，绝对也是故事多多。</u>

这故事的开场，还得从一个很拽的天津小爷，不偏不倚地遇上了一个比他更拽的北京小爷说起。这位很拽的天津小爷就是我们现在熟知的"辫儿哥"张云雷。那时候，张云雷是德云社"云"字科众多徒弟中最有特点的一位。因为那时候的张云雷，可不像现在这样"陌上公子颜如玉"，而是一个留着"杀马特"发型的叛逆小伙儿。而那时候的杨九郎，也不像现在这么"苗条"，而是一个白白胖胖的"无公害"少年。这么一看，两位似乎毫无关联，最终却能成了搭档，真的就是缘分使然。

"有好几次，我都差点儿错过了你。但还好，缘分让我们相遇。"张云雷在德云社说相声的头几年里，杨九郎还未出现。而杨九郎刚进入德云社学习的那一年，正好又赶上张云雷处于变声期暂时离开了德云社。但是，有缘分的人总会有千百种方式相遇。

如果不能以搭档的形式陪你走过最初的青涩，那就让我的声音代替我陪伴你吧。刚进入德云社的杨九郎，练功时听的"太平歌词"范本，就是他未来的搭档——张云雷唱的。可能这就是所谓的"一曲定知音"吧。

一段时间后，张云雷回归德云社舞台，杨九郎就阴差阳错地成了张云雷的搭档。那个时候，两人都不出名，但是在一天又一天的磨合中，他们成了彼此心中的那个"特例"。

到底怎么样才能称得上"你是我心中的'特例'"呢？

在我看来，可能就是你虽然打碎了我最爱的茶杯，所有人都以为我会发脾气，可我却对你扬起嘴角；是无论时间多么匆忙，我都会走进街边的一家咖啡店，为你买上一杯半糖的生椰拿铁；更是我永远只给你捧哏，不会再跟第二个人搭档。

记得"九辫儿"有一场相声，杨九郎看似开玩笑地跟张云雷说："不是我不逗哏，而是我就想给你捧哏。"这句话听起来，像是一个简简单单的包袱儿，其实，是他们心里对彼此的专一。

都说一个人的眼神是不会骗人的。在说出这句话的时候，"硬邦邦"的杨九郎看向张云雷的眼神，都变得柔和起来了。我猜，在九郎说出这句话的那一瞬间，他们彼此的心里都掠过了一波无声的海啸。海水一直漫延到心窝的沙滩，这一流，就是近十年。

"这世界再大，大不过牵挂。"这就是"九辫儿"组合相处时最真实的写照。随着两人的不断努力和磨合，他们也从小园子走向了属于自己的专场。张云雷更是凭借着一曲《探清水河》迅速走红。一瞬间，原本寂寂无闻的他，一下子变成了千万人追捧的"辫儿哥"。但是，张云雷并没有因为自己的爆红而抛弃他的好搭档。他不仅没有转身离去，还会时刻关注杨九郎的小情绪。

张云雷火了之后，每次上台，都会有很多"柠檬"给张云雷送礼物。一边送礼物，一边还会忍不住表达爱意："张云雷好帅！"张云雷有着"神仙"颜值，小曲儿又唱得韵味十足、婉转动听，喜欢他的人如恒河沙数。但是，张云雷并没有独享这份被崇拜的荣光，他每次都会笑眯眯地问粉丝们一句："杨九郎帅不帅？"

这时候，就会得到台下粉丝们异口同声的回答："帅！"这个看似不经意的举动，其实是张云雷对杨九郎的关爱和尊重，他知道不管自己的名气多大，最该感谢的是这些年一直站在他身边的杨九郎。

记得有一场相声，张云雷无意中对杨九郎说出了自己的心声："放心，我不会离开你。"杨九郎激动得让张云雷把这句话重复了好几遍。诚然，这里面有搞笑的成分，但不管这句话说不说出口，他们都知道，自己永远都是对方的底牌。

有人说："倾一座城，才知道对方有多重要。"我说："携手走过鬼门关的情谊，才是至死不渝。"

那年南京南站，张云雷意外坠台，差点就失去了上台的机会，也差点与杨九郎无缘搭档。一般来说，当人遇到坎坷和困难时，本能就是趋利避害，大都会为自己着想。但是"九辫儿"组

合的感情，已经深到了可以让杨九郎忘掉人的本能。

那时候，张云雷伤得很严重，好不容易从ICU里出来，却被医生告知，也许他以后都不能再上舞台说相声了。张云雷为杨九郎考虑，建议杨九郎换个搭档，不要再等自己了。可是杨九郎的第一反应并不是独善其身，他不同意张云雷的建议，而是坚定地说自己就给张云雷捧哏，他要是能站起来，自己就说相声；他要是站不起来，自己就推轮椅，两人一起转幕后。杨九郎曾在微博送上他对张云雷的生日祝福："我觉得让你随时往左后方一回头，一眼就准能看见我在桌子里头站着，这事儿才是最酷的。"

真的好酷！情到深处是"不管你是否能再次站到舞台上，我都希望你一回头，第一眼看到的永远是我"的温暖，是"你经历过生死，所幸，是我陪你经历的生死"的无畏。

==那个曾经留着"杀马特"发型的天津小爷，终于惊艳了时光。而那个陪在他身边的暴脾气"三庆园小霸王"，也终究温柔了岁月。==

山河远阔，人间烟火。他们，便在这人间烟火里，陪伴彼此经历繁华和落寞。

第四章
关于角儿们的碎碎念

看！那片绿海

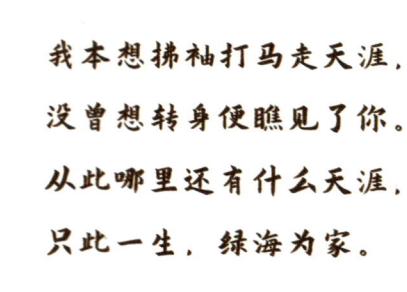

> 我本想拂袖打马走天涯，
> 没曾想转身便瞧见了你。
> 从此哪里还有什么天涯，
> 只此一生，绿海为家。

知道张云雷，是从2018年的一次专场演出开始的。

台上有位公子，他身着一袭湖蓝色大褂，温润如玉，眼神清透，眉心微皱，眼中波澜不惊，岁月静好。乍一见，宛若刚刚从国风画中走出来的翩翩美少年，那般淡定从容，十分好看。

他手中折扇一摇，《探清水河》开唱——

"桃叶儿尖上尖，
柳叶儿就遮满了天，
在其位这个明阿公，
细听我来言呐……"

一举手，一抬眼，开扇合扇，尽是风情。

台下粉丝跟着小曲儿节奏，挥动起手里的绿色荧光棒。满场荧光点点，连缀成海。

唱到"姑娘叫大莲"时，台下跟着齐声唱"俊俏好容颜，此鲜花无人采，琵琶断弦无人弹……太阳落下山，秋虫儿闹声喧，日思夜想的——"这时，激情汹涌的粉丝们用尽丹田之气齐声吼出："辫儿哥哥！"荧光棒组成的绿海波涛翻腾。一时间，我因这片浩瀚的绿海而心潮澎湃。

见过粉丝的疯狂，可没有见过这么齐心协力、这么有仪式感的疯狂。

从那天开始，我就被这首《探清水河》彻底圈粉，也被台上这位"折扇少年"迷到曲儿不离口。

怪不得有人感慨："清水河边初相遇，一见公子误终身。"这位翩翩公子就是张云雷。

说着相声，唱着小曲儿，在全国巡回演出专场中，这位折扇

少年瞬间红遍了大江南北。

说起张云雷的爆火，不少人不以为然。

有人说："张云雷火，还不是因为他长得帅。"

有人说："张云雷能迅速走红，一定是师父郭德纲捧红的。"

……

众说纷纭，质疑和指责纷至沓来。比如："把相声弄成演唱会，挥舞荧光棒，不伦不类，成何体统！""张云雷这哪是在说相声，简直就是糟蹋相声！""想当明星当偶像就直接转行！"

在一片质疑声中，张云雷默默坚守。他说："相声是初心，也是坚守。"他想做的是"立足传统，开创流行"。

2019年宁波专场，绿海依旧。绿色荧光棒舞动全场，如同无边的海面上吹起一阵清爽的微风。微风过处，海波荡漾。波心中，那位翩翩公子，昂然而立。

这种从容的昂然，有对初心的坚守，也有历经锤炼后的底气。

每一个流光溢彩的耀眼时刻，都是无数沉默淬火岁月的沉积。"二爷"张云雷也是如此。经受过相声演员最承受不住的"倒仓"，走过了鬼门关浴火重生，张云雷从那个留着"杀马特"发型的叛逆少年，蜕变成一位"国风美少年"。他的成功绝不是因为一夜之间成了流量宠儿，而是因为十年如一日的厚积薄发。

当他已然头顶光环、身披彩衣时，有人说我们容易戴着有色眼镜去看他。但是，当我们回首张云雷那些寂寂无闻的时光时，才会知道这一切来得多么不容易。

张云雷七岁遇到郭德纲，彼时他还是张磊，九岁正式拜师学艺，脑袋后面还拖着一条小孩才有的"长生辫儿"。大家没记住他的名字时，常管他叫"小辫儿"，后来也就叫习惯了。这才有了"小辫儿张云雷"和"辫儿哥"的昵称。

正式加入德云社后，师父郭德纲给他赐名"张云雷"。那时候的张云雷，还是一个不谙世事的小孩。其他这个年龄的孩子，可能在玩具堆里流连忘返，可能在爸妈身边撒娇任性，可能在和小伙伴们嬉笑打闹……而小小年纪的张云雷在进行严苛的基本功训练。他早晨六点就要去练嗓子、背贯口。

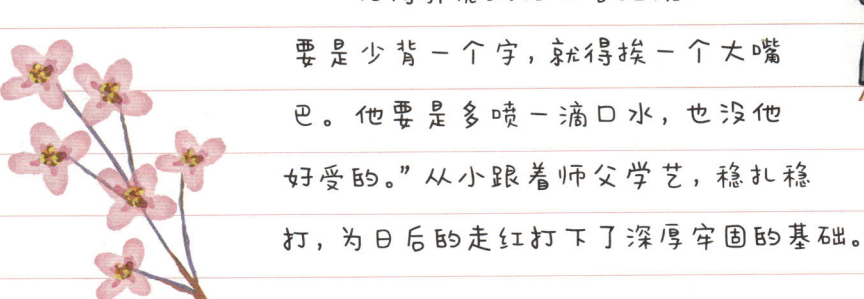

记得郭德纲先生曾经说："他要是少背一个字，就得挨一个大嘴巴。他要是多喷一滴口水，也没他好受的。"从小跟着师父学艺，稳扎稳打，为日后的走红打下了深厚牢固的基础。

人生没有白走的路，也没有白受的苦。少年勤学苦练，张云雷日渐羽翼丰满。年纪轻轻的他已经学得一身本领——==说学逗唱样样精通，太平歌词、西河大鼓、铁片大鼓、黄梅戏等是他的拿手好戏。==

这样的才华让张云雷在传统和时尚之间游走自如。除了大家耳熟能详的《探清水河》，张云雷又把流行音乐和传统戏曲完美结合，于2019年推出首支个人单曲《毓贞》。上线一分多钟，销量便突破百万。

外界如此喧嚣，而张云雷自得安然。他仿佛置身事外，一身大褂，安安静静地立在大鼓前，手执鼓棒，眼神专注。"咚咚咚"，鼓声不紧不慢地响起，张云雷不慌不忙开了口——

《百山图》中，张云雷用京韵大鼓给我们描绘出了一幅精彩绝伦的水墨画。

京韵大鼓是我国曲艺曲种之一，说唱兼

具，说中有唱，唱中有说。听张云雷的京韵大鼓，低音珠圆玉润，高音响遏行云，给人余音绕梁、三日不绝之感。没有十几年稳扎稳打练就的基本功是很难做到这样的。

　　有了这样扎实的基本功做底气，张云雷才能不惧外界的流言蜚语，从容自若地昂立于台上。他说：你说相声不主流，你说荧光棒只属于演唱会，你说传统与流行必然对峙，但我要告诉你，立于传统，开创流行，一腔孤勇，无畏风雨。这，就是我的相声。

　　张云雷对这片绿海爱得深沉且执着，这种执着背后饱含了一份对生命的热爱和渴望。

　　在一次采访中，张云雷提起这片绿海的由来。2016年南京南站意外坠台，那时他胯骨、肋骨、骨盆摔裂，肺被割去一块，脚跟粉碎性骨折。医生一夜间给他下了三十多张病危通知。幸运的是，他被抢救过来了。但那个时候，医生和他自己都不能确定他以后还能不

能站起来，还能不能站在他热爱的舞台上说相声、唱小曲儿。对未来的恐惧，让张云雷陷入迷茫和焦虑。

养伤期间，他偶然看到了SHE的演唱会，他看到演唱会的舞台下，粉丝们挥舞的荧光棒是绿色的。这鲜嫩的绿色一下子触动了他的内心：多美的绿色呀！是大自然的颜色，希望的颜色，是"新生"的颜色。

==这片绿色，像是上天送给张云雷的一个幸运符，它化解了萦绕在张云雷脑海里的恐惧，点燃了他对生活的热切渴望。==

为了重新站起来，张云雷付出了常人难以想象的艰辛。他在夜里偷偷在床上练习走路。可是，伤势严重的双腿，一时间还不能站立起来，于是，张云雷就用腿跪在床上走。刺骨的疼痛也没能让他懈怠半分。他咬牙想：只要我能跪起来走路，终究有一天，我一定能站起来走路。

==惊人的毅力换来了奇迹。伤势严重的张云雷最终还是回到了自己深爱的舞台上！==

在一次演出中，张云雷说起这段经历，台下粉丝立刻把手里的荧光棒调成了绿色。从那以后，每次专场返场时间，他的粉丝"柠檬"们都会送他一片浩瀚的绿海。

张云雷在绿海中拍照留念，他说："只此一生，绿海为家。"

"绿海"是粉丝们对张云雷爱的表达，也是张云雷对粉丝们的一份许诺。"绿海"是他们彼此之间的约定和不离不弃的守候。

不知道是什么原因，如今，这片"绿海"已不在。这对"辫儿哥"的"柠檬"们来说，多多少少有些意难平。

有人说是因为疫情，有人说是因为张云雷口无遮拦，有人说是因为他"色艺双全"不适合说相声……不过，这些都是猜测，到底是什么原因，"柠檬"们都不得而知。

不过，2021年12月6日，中央广播电视总台音频客户端官微发布了一则消息：张云雷以天津市非遗讲述者的身份做客"云听"，讲述天津非遗故事。看到这则消息，粉丝"柠檬"们热血沸腾，纷纷点赞。

可能每一位粉丝心里都怀着这样一种情结：张云雷不仅是会唱小曲儿的"辫儿哥"，也不仅是端庄俊俏的"二爷"，还是引领自己认识太平歌词、京韵大鼓、铁片大鼓、西河大鼓等传统曲艺，让自己知道了传统曲艺竟然有如此迷人的魅力，从而爱上传统曲艺的领路人。

经历了那么大的磨难和那么多的起落，张云雷饱受沧桑却不沧桑，知世故而不世故。他的脸一直清透明朗，笑起来，眼波如水、灿若星河。他永远是那个神态淡然、眼神专注的折扇美少年。

==这样的张云雷，作为自己家乡天津的非遗讲述者，确实是当之无愧。==

2022年7月30日，张云雷在自己的微博上发表了一条动态："今儿加班了。"发文配图像是在录制新歌。于是"柠檬"们又开始猜："辫儿哥"是在为发新专辑录歌，还是在为举办个人演唱会练歌呢？

不过，是什么都没关系。在"柠檬"们眼里，只要"辫儿哥"平安开心，就是最好。

最近流行一个词，叫"考古式追星"。指的是喜欢的明星太久没有曝光，难以看到近期的动态，只能翻找以前的作品、动态或新闻来慰藉思念之情。

我偶然在一个小视频平台上，看到张云雷《探清水河》高清完整版，这个视频是2019年发布的，下面有一条置顶留言："2022年还会有人来听这首歌吗？"

下面有几百条回复——

"会呀。"

"还有我。"

"我来了呀。"

"会，我四月份还来听。"

"2022年7月28日打卡。"

"2022年8月22日跟着又唱了一遍。"

……

"柠檬"们还在，"辫儿哥"还在，那片"绿海"还会远吗？那个约定还算数吗？

<u>小贴士：那些"柠檬"们</u>

说到"柠檬"，你会想到什么？有人说："想到酸酸甜甜的柠檬气泡水。"有人说："嘿嘿，我想到网上特别流行的一个表情包——一个小柠檬长了鼻子、眼睛、嘴巴，还有两只小手。两只小手合十，配字'我酸了'。"

不得不感叹，大家的想象力实在是太丰富了。不过今天，我们要说的"柠檬"可不是这些。此柠檬非彼柠檬哦。

今天我们说的"柠檬"是"辫儿哥"的粉丝名。说起这个粉丝名，还真有个来由呢。

这个称呼还得从"辫儿哥"开的"云雷造型"理发店说起。有一天，张云雷忽然出现在自己家的理发店，碰巧这时候有一位他的粉丝来理发。张云雷知道是自己的粉丝来捧场后开心得不得了，于是，他就送给这位粉丝一张亲笔签名照，还写下了"欢迎光临"这句话。临走又送给这位粉丝一盒巧克力。

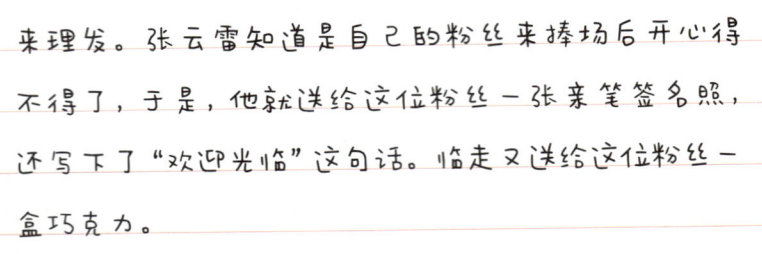

欣喜若狂的粉丝把自己收到的签名照和礼物发到网上，其他的粉丝得知这件事之后，心里泛酸，对这位超级幸运粉产生了"羡慕嫉妒没有恨"的情绪。于是，一连几天，"云雷造型"理发店都收到了各路粉丝寄来的一大箱一大箱的柠檬。一众粉丝纷纷留言表示：我酸了！

==后来，店里堆积如山的柠檬也没有浪费，有的给顾客泡了柠檬水，有的送给顾客当作小礼物。取之于"粉"，用之于"粉"。这个做法真是环保又贴心。==

后来，张云雷一看到柠檬，就会想起那些打翻了"醋坛子"的粉丝们。于是，干脆把自己的粉丝名从"二奶奶""丫头"改成"柠檬"。

后来的后来，在张云雷的直播中，有人提到粉丝不应该叫柠檬，应该叫青柠才更好。因为柠檬加绿海等于青柠，有柠檬的心，有绿海的色。

哈哈哈，二奶奶、丫头、柠檬、青柠，你更喜欢哪一个名字呢？

用一首歌描画一个角儿
——致张云雷

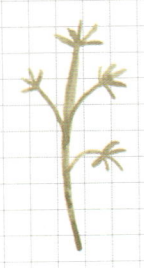

牵丝戏

相思意应赋予谁

渡风波不曾蒙回

谁事与愿违

忆起谁当初年岁

谁憔悴 换得谁梦碎

初登台品尽滋味

曾记否 当初为谁

念夕晖蹙着眉

谁经风雪谁落泪

终不归 云中起惊雷

着素帔 谁描绘

谁人霎时名萃

怎奈何 恰逢云敛烟霏

倒仓原是无罪

世人却欲将谁推
夜阑珊　只得赴尘微

独泣无言　愁绪满杯
愿终身退　不问错与对
这一去谁馁谁无备
谁累谁愧谁追悔
愿谁终复归　扬名千万岁

原以为终能名威
未曾想事不顺遂
离歌谱成泪
夜阑灯火尚幽微
月难寐　南柯梦坠

魂回却难登对
心灭已然成灰
见他孑然一身仍相陪
世事谁错谁对
怎甘被命运支配

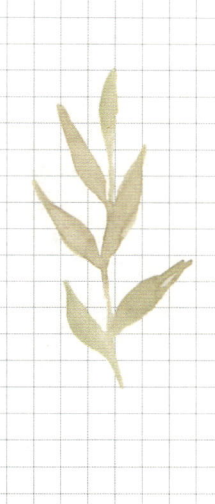

这一生势必不后退

万众瞩目登台重回
灯火映照展清秀眼眉
台下欢歌连缀碧翠
台上欲言已无泪
涅槃重生归
定不负年岁

时光依稀流年似水
日思夜想 终是为了谁
如今风雨已无畏
不惧人言与是非
无怨亦无悔
只愿永相随

  这是我和我的小姐妹灰灰用《牵丝戏》的旋律,给"二爷"张云雷填的词。

  只此一生,绿海为家。涅槃重生归,定不负年岁。

  说一下填词的初衷吧。之前我看见网上有很多姐妹在8月22日这个特殊的日子给"二爷"做视频，底下的评论无奇不有。有人认为旧事不必重提，有人认为这个日子不能忘记。

痛苦应当忘记，但是经历不能。所以我们就以时间为线，把"二爷"张云雷的经历悉数写了一遍。他九岁学艺，十二岁独自登台。但是相声这条路，他走得格外坎坷。

"倒仓原是无罪，世人却欲将谁推。"全曲我们用了十九个"谁"。这十九个"谁"道出了张云雷一路走来的不容易。

"倒仓"是他人生中的第一个坎坷。都道世态炎凉，没有人会关心台上正值变声期的他要承受多大的心理压力。最终，他还是败给了众议，退出了德云社。

"愿谁终复归，扬名千万岁。"幸好，"二爷"张云雷又重回德云社。

奈何世事难料，"月难寐，南京南梦坠"是他人生中经历的第二个坎坷。有人说他一摔而红，但又有多少人看见他拼命练习走路，忍痛上台，只为把最好的一面展现给大家呢？

"台下欢歌连缀碧翠，台上欲言已无泪。"好在我们和"二爷"的爱是双向奔赴的。"柠檬"们给了二爷一片汪洋绿海，二爷也向"柠檬"们许下"只此一生，绿海为家"的约定。

"涅槃重生归，定不负年岁。"愿我们看到的，一直都是那个重生后熠熠发光的、努力得感动世界的张云雷。

有个追梦少年

人总要经历一些风风雨雨，
被踩到泥里，
就尽量让自己爬出来。
爬不出来就使点劲儿呗。

台上的他，身材高挑，眯眼浅笑，醒木一拍，折扇轻摇，甫一上台，便引来满场尖叫；台下的他，帅气温暖，邻家大男孩一枚。他会穿画有皮卡丘的T恤衫，见到小朋友会主动熄灭手里的烟。

很多人评价他，说他是"网红艺术家"。他自己是这样评价自己的："很多人见到我，会说老秦你真帅！熟悉我之后，会说老秦你真傻！"

<u>说到这里，我猜，熟知他的你，肯定早已经猜出他是谁了吧？</u>

"大幕一开站台前，醒木一拍听我言，追梦路上终不悔，我的名叫秦霄贤。"没错，他就是秦霄贤。

秦霄贤本名秦凯旋，出生于1997年1月。据说秦霄贤家中资产过亿，是个妥妥的富二代。可秦霄贤从小就对做生意不感兴趣，却偏偏喜欢相声。高中毕业后，秦霄贤没有像很多富二代一样，选择出国留学，而是选择了北京戏曲艺术职业学院。另外，他特别崇拜郭德纲先生。于是，他来到德云社学说相声。说起初学相声的这个阶段，秦霄贤说自己学习相声的初衷看似有些轻率，但学习、了解、熟悉过后，他很庆幸，自己成为那个被相声选中的幸运儿。

2019年，秦霄贤就已经因为长相俊朗，在短视频平台上收获了一大堆迷弟迷妹。这些迷弟迷妹们深入了解他以后，又被他的经历和才华深深吸引。这就是所谓的"始于颜值，陷于才华"了吧。接下来，长相帅气、性格耿直、温柔可亲、如邻家大男孩一般的秦霄贤，人气暴涨，粉丝数直线攀升，成为德云社"霄"字科的人气担当。

粉丝们常管秦霄贤叫"老秦"。明明是年纪轻轻、帅气俊朗的大男孩,却为何非要冠上一个"老"字呢?

秦霄贤在一个访谈节目里说起过这个"老"字的来源,他说,在一场演出中,有位粉丝问:"如果有一天你老了,我们叫你什么呢?叫秦老头儿吗?"秦霄贤忙说:"别呀,就叫老秦吧。"从那次以后,"老秦"便被叫开了。

我感觉"老秦"这个名字,除了调侃的意味,蕴含更多的是粉丝们对秦霄贤温暖朴实性格的认可和喜爱。

粉丝们送"老秦"一个昵称,老秦也不甘落后,送给他的粉丝们一个很有诗意的名字——白月光。

老秦的扇面上写着:"秦氏明月白月光"。

他解释:秦氏指的就是他自己。白月光,指的就是他的粉丝们。他觉得自己的粉丝们就像白月光一样,洁白无瑕、

纯洁善良。听到老秦的这一番解释，不得不直呼"实在是太有感觉了"！有明月才有白月光，秦霄贤就是那一弯明月，粉丝们就是明月散发出来的白月光。这月光，是清辉，是无瑕，是纯洁，不争不抢，亘古不变。

除了"老秦"，秦霄贤还有一个让人啼笑皆非的外号——像子。至于这个外号是怎么来的，老秦自己说是在一场演出中，他个子太高，调话筒时，用力太猛，一下子戳到了自己，于是，大家都觉得他好像，就管他叫"像子"。我觉得"白月光"们这样叫他，不是因为他们真的觉得秦霄贤像，而是出于一种纯纯的喜爱。或者老秦也是为了逗观众笑，故意创立了一种"像"的人设。不管怎么说，这个大男孩为了追求自己热爱的相声，也是不顾形象地拼了。

<u>粉丝流量加上勤奋努力，让秦霄贤一炮而红。</u>

==看起来，好像追梦之旅一路生花。其实不然，在追梦的路上，一路风景，也一路坎坷。==

先是老秦的"富二代"身份。这个身份对一个相声演员来说，不是一种荣光，而是一道障碍。为什么这么说呢？

"富"明明是一个好词，它代表着富裕、富足。谁都希望自己能家财万贯，乐享荣华富贵。但是，"富二代"这个词却有点争议。很多人会以偏概全地理解为"富二代"就是特权，就是挥霍，就是坐享其成，就是骄奢淫逸……

当老秦被贴上"富二代"的标签后，他就在负"重"前行，背负着很多人对"富二代"这个身份的误解。记得老秦曾经接受过一个街头采访。问题是天上砸下来十六万，你最想去干啥？老秦想都没想，随口答道："啥也干不了。"就是他这一句"没过脑子"的回答，让很多人觉得他挥霍无度，开始质疑他说相声的诚意。毕竟，说相声很难大富大贵，连十六万都看不上的富二代，怎么可能坚守在这条有点贫瘠的路上呢？于是，很多人说秦霄贤只不过一时兴起，玩玩而已，不会坚持太久。

另外，有人还发现，秦霄贤经常开着豪

车玛莎拉蒂去小园子上班，而且还经常迟到——简直是好逸恶劳，拿说相声当儿戏。这些都貌似更加印证了他们的猜测。

一时间，网上各种质疑、嘲笑、挖苦、侮辱扑面而来，甚至有人买到秦霄贤的电话号码，嚣张地打电话攻击他。

在《德云斗笑社》第一季中，秦霄贤是常驻嘉宾，一直没被淘汰。于是网上出现了很多不友好的声音，说他并没有什么能力，每次都能成功晋级还不是凭借了长相帅气和"富二代"的身份，甚至还质疑给他投票的粉丝是脑残粉。这些都让老秦备受打击。面对这些质疑和诋毁，秦霄贤开始怀疑自己，甚至不敢上台表演，担心自己演得太差，对不起观众买的票。最后，师父和师兄们一直鼓励他，才让他又恢复了登上舞台的信心。师兄饼哥说："他没有我们这么多年的经验，但他却背负了比我们这么多年经验还要多的骂名。"

对于这些责难，老秦没有一丝抱怨和气愤，更多的是去反思自己，去找自

己的不足。他觉得所有的一切，对自己来说都是一种历练。追梦的路上，总要经历一些风风雨雨，被踩到泥里，就尽量让自己爬起来。爬不起来就使点劲儿呗。

除了"富二代"标签带来的烦恼，有些粉丝的无分寸、无边界的行为也让老秦深感无奈。

比如，有粉丝"强吻"老秦的事件。这件事曾经在网上被炒得沸沸扬扬。老秦遭别人强吻，自己却被骂上了热搜。网络时代，大家都躲在虚拟面具后，于是，有些人变身键盘侠，说话不管不顾。在不明真相，也不想探究真相的情况下，妄加评论，言语偏激。没有人知道那位粉丝是谁，于是他们只能骂秦霄贤，对秦霄贤频出恶语。被骂惨了的老秦真是百口难辩。明明错不在他，却要承担无端的指责和恶意。

我觉得对粉丝们来说，"捧角儿"的前提是尊重。不管粉丝对心中的角儿是多么喜欢、多么崇拜，都要注意同他们保持距离，不要去打扰他们的私生活。

"台上支持秦霄贤，台下不扰秦凯旋。"追星不是占有，热爱的前提是尊重。

时光无言，却催人成长。在小剧场，秦霄贤在与观众互动的欢声笑语中，在一词一句的反复斟酌中积累了经验，功力见长，台风渐稳。第36届"大众电影百花奖"评选，他凭借出演《扬名立万》海兆丰一角，提名最佳新人。当初那个像白纸一样的少年，在历练中慢慢成长，在追梦的路上，继续一路向前。

对于自己选择相声演员这个职业，"老秦"始终无悔并心存感激。他说："如今的我十分感激相声。如果没有相声，远赴他乡是我，浑浑噩噩是我，可能终其一生，不知梦想为何物的也是我。我知道作为相声演员，我要学的还有很多。面对质疑，我接受，但这不会影响我对相声的初心。我尚且年轻，追梦的路上我仍需努力。我希望

让自己活出自己的价值。未来我也会继续履行拜师时的承诺，好好学艺，好好做人。用毕生不遗余力的刻苦钻研，来感谢师恩。"

这个温暖的、帅气的、感恩的大男孩，他看过不美好，却依旧美好；见过不善良，却依旧善良。希望老秦能一直如少年，那么纯朴、那么蓬勃、那么执着、那么清澈。

如果让你对老秦说一句话，你最想说的是什么？

我想说——老秦，吃好喝好心情好，长胖一点，会更帅哦。

用一首歌描画一个角儿
——致老秦与白月光的四周年

像小时候一样

先生 走过凛冬 慢慢长大

朝夕 转眼刹那

那是盛夏 月光啊

等童话 能赠予他

满溢的勇气吧

抵挡迷茫的雾 勇敢出发

还记得你最初的模样

潇潇洒洒

一路走来这风雨太大

时间它不会说谎

看世间繁华 却执仗天涯

他以梦为马

也受过谩骂 也黯然泪下

请善待他 好吗

他在努力谱写 这些年的改变

但愿能看见

纵然没觉察　这时光漫漫　别惧怕

晨昏　一天一天　不曾走远

原来　每次表演

都是奔赴的预演

像月儿温柔世界

洒满那段华年

悲欢留在昨天　愈闯愈烈

一个人要学会了成长

才懂落差

但这世间却冷暖践踏

就像绵绵的虚妄

扬名正韶华　立万在盛夏

都道他潇洒

却历经黄沙　终归来无话

他不得不长大

他在尽力贴切　每个人的意见

时光太浅浅

一整身伤疤　因为有陪伴　才不怕

等一场晚霞　等一个回答

让热血发芽

别听那谩骂　相信自己呀

那些情义无价

我们在此相约　度过岁月变迁

穿越这风雪

路尽头有家　这旅途再远你别怕

    这首歌用了《熊出没》主题曲《像小时候一样》的旋律。在这里，我来说一下填词的初衷吧。

    我常常在想，如果用一个词来形容老秦，那会是个什么词呢？思来想去，我觉得最贴切的词就是"成长"。我不能说老秦是完美的，但是我敢肯定，他一直在向前走，一直在成长。

    "看世间繁华，却执仗天涯。"这是对老秦最真实的写照。他虽然身为"富二代"，能看尽世间繁华，但他还是选择了以梦为马，执仗天涯，踏上了曲艺之路。

    "扬名正韶华，立万在盛夏。"这是对老秦的肯定。他因电影《扬名立万》首次获得百花奖提名，这中间有欢喜亦有他的心酸。

    希望我们能继续做彼此的白月光。永远永远，不止四年……

第五章

加油！七队

解散了，七队

> 遇见过，存在过，
> 热爱过，即是美好。

每个人心中，都有属于自己的"意难平"。或许是漫步于森林中却听不到呼啸的风声，或许是潜入深海却遇不到洄游的鲸群，又或许是无数期待接二连三全数落空……对德云女孩们来说，老七队在短暂默契的交汇后，最终各奔西东，才是心中最深最沉的意难平。

当人或事物，加上"老"字之后，无非给人两种感觉：

一种是因为熟悉而倍感亲切，像冬日暖融融的壁炉里燃起的焰火，让人心里一暖一软。比如，小孩儿一般叫自己的父母"爸爸、妈妈"，等他（她）慢慢长大，成长为一个青春活力的少年，这时他（她）经常称呼父母为"老爸、老妈"。这个"老"，并不是因为自己的父母真的老了，而是因为在与父母共处的无数个日日夜夜里，孩子与父母之间已经密不可分了。

另一种是岁月蹉跎，时光流转，曾经的人和物被新的人和物所替代，不舍、怀念与新鲜、期待掺杂在一起，如同海浪奔涌，老浪散去，新浪涌来。不管你舍不舍得、愿不愿意，这是规律，也是必然。

　　七队亦是如此。那支曾经所向披靡的"神仙七队"，迎来了他们的盛世华年，但终究也敌不过岁月变迁，在不情不愿中变成了"神仙老七队"。

老七队里的"老",让人五味杂陈。它糅杂了以上两种"老"的内涵,既有经年后的熟悉,也有沧桑后的别离。2017年,无人问津的他们带着炽热的梦想聚拢而来。2020年,名满江湖的他们携着七队的荣光各奔西东。

"最终……我还是欠七队一张票。"不少人感叹和老七队相识太晚,他们在网络上,看到老七队曾经的辉煌,却未能亲身经历属于老七队的盛世。但没关系,过去已去,未来将来。"你们的过去我没参与,但未来,我会永远与你们同期许。"

我们没能见证老七队最辉煌的三年,但时光留痕,许多珍贵的回忆犹在。当我们默念那些陌生又熟悉的名字时,思绪便如风中摇曳的雨滴,飘飘忽忽,终于落地。再抬头,已经梦回2017年——

离演出还有一个小时,剧场外已经人头攒动,大家早就按捺不住内心的喜悦和迫切,摩肩接踵地往剧场里挪动。

剧场舞台后面,老七队的他们还是少年模样,嘻嘻哈哈、闹闹嚷嚷地准备上场。沉醉在岁月中的木门旁边,竖着一块儿四四方方的水牌,上面赫然写着他们的名字:

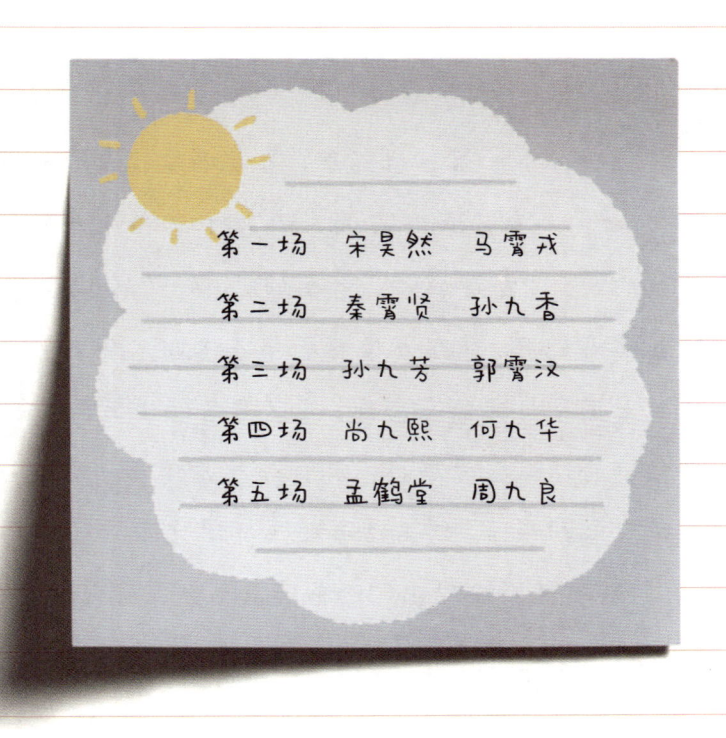

第一场　宋昊然　马霄戎
第二场　秦霄贤　孙九香
第三场　孙九芳　郭霄汉
第四场　尚九熙　何九华
第五场　孟鹤堂　周九良

　　外面人山人海，都只因他们而喧嚣。为什么会有那么多人喜欢他们呢？我竟然一时想不出这群年轻人备受观众喜爱的理由。于是，我决定坐下来探探究竟。

　　还算幸运，刚刚在台下找到一个位置坐下来，第一场就开始了。台上走来两个年轻的小伙子，一个瘦削英俊，一个圆润可爱。以前听别人说，第一场表演的时间一般是留给观众入场的，为了让来得有点晚的观众可以从容不迫地找座位，而真正的角儿们一会儿才陆续登场。但这次演出真的是出乎我的意料：<u>第一场还没开始，台下早就坐得满满当当、整整齐齐。大家都提前来到剧场，生怕漏听了一字一句。</u>

第一场结束,第二场紧接着开始了。演员还没露面,台下姑娘们就开始喊:"老秦好帅,老秦好帅……"这场面,让我不由得开始猜:这个秦霄贤到底有多帅?正在想着,只见台上走来一位高高瘦瘦、言笑晏晏的少年,他身边的那位却显得沉稳老成。这两位乍一看像是一对父子。怪不得一看到两位,台下姑娘们就喊:"老秦九香,父子搭档!"我不禁感叹姑娘们的总结能力。真的是妥妥的"父子搭档"既视感啊!

本以为很帅的老秦会潇洒地做个自我介绍,没想到,他一伸手调话筒,竟然"咚"的一下,话筒磕到了下巴上。台下观众哄堂大笑,大家起哄:"老秦,你这次还是要先磕为敬啊。"

"还是?"哈哈,莫非这个老秦总是用下巴磕到话筒?

我心中疑惑未消，第三组搭档已翩翩登台。台上那个满头都是卷儿的人先开了口："万水千山总是情，了解芳芳行不行？"哈哈哈，这回换我先笑为敬了。坐在我旁边的小姐姐看我哈哈大笑，便凑过来跟我说："芳芳就是孙九芳，他可是打油诗小王子。他旁边那位是郭霄汉，他俩搭档简直是绝配。"

主持人再次上台，用她那具有特色又不失优雅的口音报幕："下面请您欣赏相声《洪洋洞》，表演者尚九熙、何九华。"话音刚落，台下一阵沸腾，观众抑制不住内心的狂喜，激动地鼓掌、欢呼。

让众人如此狂热的两位，究竟是什么来头呢？我很好奇。当看完两人的表演后，我也立刻被圈了粉。熙华组合，至情至深，生生把对口相声说成了"对脸"相声。从九华望向九熙的眼神里，我读懂了什么叫"一眼万年"。

只听一声"走哇——"，熙华同时抬臂，同时落手，同时转身，同时迈步……所有动作如出一辙。他们的眼神所及、目光所触皆是满溢的默契。美好得不像话，温柔得不像话。

至于后面他们说了些什么，我没听太清，唯一在耳边回荡的是台下观众满堂的喝彩声。或许听他们说什么并不重要，他们两个立在那里，即便不说话，都那么美好。

最后上场的两位是队长和队副——孟鹤堂和周九良。小哥儿俩在台上相互逗乐，开着玩笑，似乎是没把观众当外人。他们演的这场是《黄鹤楼》。孟鹤堂包着头，小眼角儿一挑，小拇指一跷，露出一副楚楚可怜的表情，真像一只可爱的"垂耳兔"。

周九良与孟鹤堂不一样，他显得沉稳一些，但开嗓一唱，便惊艳了全场："有张飞闯进了中军宝帐，叫一声诸葛亮，我的情郎……"台下掌声如雷，我也把手掌拍得通红。两位演员一个欢脱灵动如萌兔，一个沉稳可爱如橘猫，一动一静，简直是神仙搭档。

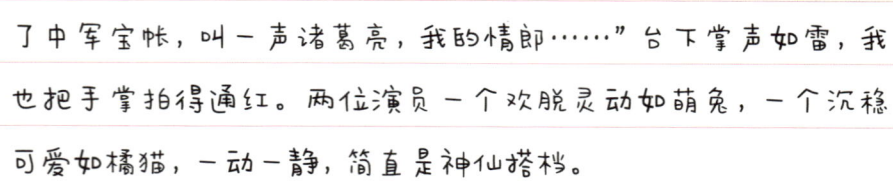

孟鹤堂和周九良的最后一场结束。我正要起身离开，台上竟然"呼啦啦"站满了人。我这才恍然大悟，原来是返场，整个七队的成员都纷纷上台。他们闹着、笑着，拍着手一起唱："看那一朵朵菊花爆满山，盛开在我们相爱的季节……"

听着他们不着调的歌声，台下观众一面大笑，一面大声喝彩。

我也禁不住地笑啊笑啊，笑出的眼泪渐渐模糊了视线……

当眼前再次变得清晰时，舞台不见了，观众不见了，七队不见了。刚才的一切恍然如梦，梦醒的我一时竟然不知今夕是何年。

打开手机，却看到了七队队长孟鹤堂发出的微博：你们自江湖而来，如今我把你们还给江湖。还望诸位前程似锦，一马平川。2020年1月16日。

<u>2020年1月16日，解散了，七队。</u>

"那一天的悲伤，泪水满堂。那一刻的心酸，至今难忘。也许这就是成长，有些滋味失去了才会反复品尝。"那个吵吵闹闹的七队，那个爱"打群架"的七队，那个队长孟鹤堂天天被架空的七队，终于还是成了过往。

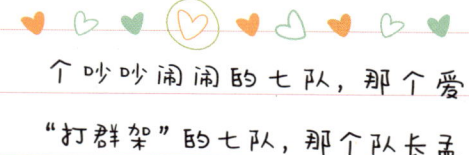

解散不是终点，遗忘才是。七队变成了老七队，但是观众不曾遗忘，也不会遗忘。七队队员们只是在不同队伍里，继续发光。

对于七队的过往，我觉得不必心心念念意难平，用何九华的话来说就是：人们常说快乐犹如夜空烟火，转瞬即逝，但毕竟它发生过，就是足够美好。

是呀，遇见过，存在过，热爱过，即是美好。

加油，女队！

你每一次挥动翅膀，
长风听得见，星辉看得见，
努力的人到哪里都会发光。

==日期和数字是一个奇妙的东西。==漫漫人生长河中，我们会经历很多风波，这些风波的来袭与散去，都会与一组日期和数字一一对应。

每个人心底都会有那么几个永生难忘的日期和数字。它或许是自己的出生日期，在那一天，我们来到世间看各种风景、品人生百态；它或许是某个纪念日，在那一天，我们平淡的生活被赋予了别样的意义；它或许是属于自己的幸运数字，一看到它，总感觉"水逆"瞬间消退，好运

连连；又或许是……这样的特殊日期和数字，实在是太多太多。

对德云女孩们来说，"七"是心头挥之不去的挂念。看到这个数字，有多少德云女孩会瞬间想起曾经繁花似锦的老七队，又有多少德云女孩会记起属于熙华盛世的那七年。

当提起2020年1月16日，有多少德云女孩神色黯然。当说到2021年9月10日，有多少德云女孩满心遗憾。以前的老七队是心口上的朱砂痣，鲜活热闹、激荡人心；现在的老七队是心底的白月光，可回望，却再不可及。

其实，我始终觉得事物的出现和存在有它的必然，不应该让心定格住无尽的遗憾。面对遗憾时，我常常选择直面出击——看透遗憾，便不再遗憾。

德云社有一个规矩，每三年都会重新组队一次，老七队2017年组队，2020年解散也是意料之中。哦，也不能说是解散，只不过是各自奔赴别的地方，或者和别人重新组队罢了。这样的规矩也是

为了老带新，为了新鲜血液的融入和成员的成长。老七队已成为过去，今天呢，我们就来看一看老七队解散后的故事吧。

曾经有一片属于七队的星空，他们开始时并不耀眼，却在自己的位置上，==欢脱地眨眼睛，闪出一抹抹微光。==如今的他们长大了，小星变成了明星，他们带着满身的璀璨，纷纷奔赴了另一片苍穹。2020年1月16日，原来的德云七队变成了老七队，而新七队正在向观众款步走来。身为老七队队长和队副的孟鹤堂和周九良，不仅是这场交接仪式的见证者，而且是参与者。

队长孟鹤堂身上有种历经岁月之后沉淀下来的温柔，他脸上总挂着明媚的笑，好像从来都不会生气一样。都说堂堂时常被老七队的队员们砸挂、架空，其实，在队员们心中，队长孟鹤堂亦师亦友，温和却又赏罚分明。

温和的堂堂队长给七队创造了一种自由的氛围，这种氛围让老七队队员们轻松茁壮地快速成长起来，他们几乎个个成才。==聚是一团火，散是满天星。==老七队解散，最舍不得的就是队长孟鹤堂。三年时间不短也不长，孟鹤堂看着队员们一个个从青涩懵懂到慢慢成角儿。"我努力发光，为你们的向往导航……"

　　世间有很多的别离，但并不是每一种别离都必须伤感，有的别离是另一场美好奔赴的开始。就像秦霄贤和孙九香这对"父子搭档"的拆对，不管外界声音多么纷杂，他们只是相互默默祝福。

　　2020年9月10日，九香在微博上写道："虽然没能陪你君临天下，但我将变成白月光，继续为你护航，我们还是我们。"老秦也回复道："九香你也好好的，没错！我们就是我们！""贤香"组合虽然已经成为过往，但是他们会在自己选择的那条路上，越走越强。

　　再长的旅途也会有终点，请以另一种身份与我碰面。在秦霄贤和孙九香分开的同一天，最受欢迎的"熙华"也拆了对。他们两个人合作了七年，从无人问津到高朋满座，他们一起携手走进了属于他们的盛世。可谁知，长达七年的旅途，最终也还是到达了终点。记得尚九熙和何九华拆对的那天，他俩的关注量猛增。直到现在，还有不少德云女孩期待在每年的9月10日，能看到"熙华"重新搭档的消息。

　　"莫愁前路无知己，谁人不识大头姐。"在大家都沉浸在"贤香""熙华"拆对的伤感中时,郭霄汉却在独自怀念孙九芳。"芳汉"搭档也没能逃过被拆对的命运。孙九芳告别老七队,奔向新九队。天津德云社开业了,曾经属于七队的孙九芳也终将与七队挥手告别,踏上九队的崭新征程。他在微博上发了一张孟鹤堂在台上灯光下闪闪发光的照片,感谢这些年在七队的一切。孟鹤堂留言道:努力的人到哪里都会发光。

是呀,你每一次挥动翅膀,长风听得见,星辉看得见,努力的人到哪里都会发光。不管是在老七队,还是在新七队,或是在新九队,或是别的什么地方,只要努力,终究能成长为闪闪发光的那颗星。

无论是拆对还是调队,这或许都是成长的必然。他们历经了成长的痛,将来定会在成熟的高处重逢。

==孟周、亭泰、熙华、贤香、芳汉……老七队已成过往,新七队正在苏醒。==

就让我们把关于老七队的记忆编进对新七队的期待中吧,连带着那些意难平后的热切和释怀,连带着那些熟悉的过往和曾经的热爱……

加油,七队!

关于老七队的诗和歌

我把对老七队的意难平，
幻化成诗和歌。

遗憾——写给熙华

你要写遗憾
就不能只写遗憾
要写初见甚欢，写散后辗转
写《洪洋洞》中的默契与悲欢
要写世人读不懂的那七年

写抬手心安，落于泪眼
写两个人的春熙与华年
写那一曲后的佯装释然
却心缱绻，意难决
写人海喧嚣里无意的擦肩
一别即是永远

伫立原地，目送你已走远

想把你写进人生的下半阕

却唯独，不让你察觉

一对堂良永难忘——写给堂良

2018 "相声"开场

请来导师张国立和郭德纲

各路神仙 齐聚一堂

车轮战挑战赛过五关斩六将

德云社孟鹤堂和周九良

年龄不大 气场强

就你一个 上台变身成调侃王

就你一个 能让小矮马把头烫

就你一个 盘东盘西盘老村长

你问他是何人，文玩之王孟鹤堂

小孩儿生气不叫我上场

跳段舞他说是驴拉磨好受伤

非要跟三哥过我还得抢搭档

又把我撂台上，抱紧吉他我不慌

没办法，积极下班周九良

鹤舞华堂　九世才良

一个没眉毛另一个急着下场

话音洪亮　小嗓高亢

多才多艺演遍小园子大剧场

二人十年携手共创辉煌

余生其实还很长

撒个娇要灯笼白纸糊显亮堂

想学钢琴没有琴只能先练缸

不小心吞了哨走路一步一响

儿时的好玩伴　可爱橘猫啾啾良

总决赛上台来摆选项

跳舞演戏说相声都要上　真是忙

滑步舞　二人转　葫芦娃　隔壁老王

一段《莽撞人》传统艺术压群芳

齐鼓掌　下台鞠躬永传扬

我不就把游艇停到了停车场

我不就学师哥想要瓶老村长

欠债不还像个没事儿人一样

却还欺负我 刹车哭响彻四方

"相新"上堂良势不可当

就我一个小先生真气宇轩昂

就我一个孟小仙能国色天香

迎喜气洋洋 认准德云的堂良

平生畅 盛世就看堂与良

世纪创 一对堂良永难忘

《一对堂良永难忘——写给堂良》是我和我的小姐妹灰灰用What Makes You Beautiful的旋律填的歌词，里面的"小矮马烫头""盘东盘西""白纸糊灯笼""刹车哭"等内容，包含了《文玩》《搭档之争》《儿时玩伴》《选择题》《老赖》等多段相声中的各种梗，哈哈，听过的人自然懂，不再赘述喽。

用一首歌描画一个角儿
——孟鹤堂生贺 2022

一路生花

浮沉三十四载，眸海温涟
初心不改，愿君一路生花

先生可还记得年少的话
用那青春年华来完成它
遥远的梦　曾咫尺天涯
为梦再痛也不怕

远走的先生和他的吉他
我们都曾在光里见过他
时间的手抚过他的脸颊
三十四载只是一刹那

我希望先生的愿望　一路生花
如今您的盛世已然正繁华

指尖的琴弦如诗写谁的韶华

疯狂的热爱夹带着文雅

我希望先生的愿望 一路生花

将他经历过的冰霜都融化

往后的长路能尽显他的才华

我们一直都在 千万别怕

遥远的大荒里三千桃花

满园春色却皆不能及他

他的一颦一笑一句话

台下人群都没了喧哗

我希望先生的愿望 一路生花

想让他看到那更美的晚霞

三弦配吉他一起唱那首《滴答》

就足够惊艳我整个仲夏

愿您一直快乐 无论多大

第六章

云鹤九霄，龙腾四海

德云社里都有谁？

有因热爱而努力的他们，
有因努力而发光的他们。
当然，也有现在还没有发光，
寂寂无闻却在拼尽全力逗我
们笑的他们。

一队队长栾云平，副总爱徒高才生。

二队队长李鹤东，一字形容就是忠。

三队队长孔云龙，多次涅槃又重生。

四队队长阎鹤祥，"太子"伴读能力强。

五队队长朱云峰，烧饼总把四哥坑。

六队队长张鹤伦，玫瑰园中立新坟。

七队队长孟鹤堂，常被架空撂一旁。

八队队长张云雷，"柠檬"绿海永追随。

九队队长张九龄，稳扎稳打有水平。

这首"德云队长"之歌，你记下了吗？我猜，你一定是那个过目不忘的小女娘。并且你肯定还在感慨："如果我背课文也能这么轻轻松松，那该多好！"哈哈哈，果然德云女孩对自己热爱的人和事，记忆力永远在线。

很多刚入坑的小姐妹，从电视中或者从小剧场中认识了这些相声演员。他们一袭大褂，风度翩翩，谈笑间，才艺尽显。你会不会觉得他们离我们好远好远？可是，当你慢慢走近他们，看清他们的真实面目之后，你才发现，哇！原来他们是一群可可爱爱逗笑搞怪、开开心心热衷创新的"宝藏男孩"。

说了这么多，到底德云社里都有谁呢？赶紧"排排坐，吃果果"吧。

坐在第一位的，肯定是这群"宝藏男孩"的师父郭德纲。

郭先生是德云班主，他既能在台上嬉笑怒骂，也能在台下琴棋书画。德云社里有好几位相声演员，如张云雷、朱云峰等，都是从小跟随郭先生学艺，被郭先生一手带大的徒弟。郭德纲常管他们叫"儿徒"。他说："虽

然不是我生的,但是我养大的。"郭先生的相声以及其他各类曲艺水平确实不容小觑,他凭借自己的能力,"让相声回归剧场",让日渐凉凉的相声重新获得观众,尤其是获得年轻的观众。

粉丝们特别喜爱的,还有老郭的发型。以前的郭德纲头发浓密,看着颇有几分书生气质。可是,郭德纲说起相声来太拼命了,长时间在台上表演,头发出汗打结,看起来有损形象。于是,郭德纲决定剪掉头发。夫人王惠帮他精心设计了一个桃心的发型,没想到,这个桃心发型配上郭德纲圆乎乎的脸型竟然有了几分喜感,甚至好多人还纷纷效仿,使桃心发型成了一种时尚。有人还自行脑补,说这种发型饱含了雄心壮志的深意——"绝壁四野,问鼎中原"。哈哈哈,好形象!而且,这个讨喜的发型还为郭先生赢得了一个可爱的外号——桃儿。

一家有主，就得有主母。在德云社，于谦老师就充当了"师娘"这个角色。师父郭德纲自带不怒而威的气质，徒弟们不敢招惹，所以于谦老师就顺理成章地成了徒弟们的倾诉对象。大家有事没事，都爱跟兴趣爱好广泛的于老师打成一片。与其说他们把于谦当成老师，不如说把他当成了好兄弟。久而久之，大家都乐意戏称于谦老师为"于师娘"。

上面介绍的这两位属于班主任和助理班主任，接下来，我们的"宝藏男孩"们就一一登场啦。

这位弯眉笑眼的先生就是"德云副总"栾云平，外号"栾怂怂"。可以说，栾副总"身居高位"，不管是小剧场，还是专场演出，都得找他。他是唯一一个能掌控师兄弟们演出"生杀大权"的人，大家见了他都得"礼让三分"。

不得不说，能当上副总的他，无论是能力还是人品都让大家心服口服。栾云平虽身居"高位"却非常低调，从来不拿"副总"说事。他说自己就是一个划考勤的。

上台演出时，你根本就看不出他是什么副总，那股欢脱劲儿，简直就是一个疯玩游戏的小学生。他给人的感觉不是在"说"相声，而是在"玩"相声。台下的他，情商在线，但碎嘴功夫确实"一等一"地棒，所以人送外号"栾怼怼"。这位"栾怼怼"还是郭先生的爱徒呢。郭德纲曾经送给他一把扇子，上面写着："平儿很可爱，师父好爱你。"

==一说到"爱徒"，我又不免想到了郭先生的"儿徒"——朱云峰。==说到朱云峰你可能一愣：朱云峰是谁？但是如果说"烧饼"，你指定不陌生。朱云峰十多岁就拜师，跟随郭德纲学艺。正值青春期的他，脸上长了密密麻麻的青春痘，就像烧饼上的芝麻粒。大家都开玩笑地叫

他"烧饼"。

烧饼从小就在郭德纲身边，郭先生把他当成自己的孩子养大。烧饼嘴甜懂事，直到现在还很愿意跟郭先生来一个"猛男撒娇"呢。

爱徒、儿徒都介绍了，接下来就是我们的"德云一哥"——岳云鹏。说到岳云鹏"小岳岳"，我就忍不住哼起那首洗脑神曲《五环之歌》："啊~五环~你比四环多一环……"他那贱萌贱萌的表演风格，真是瞬间圈粉无数。不过，岳云鹏能稳坐"德云一哥"的位置，可不像我们想象中那么容易。岳云鹏在刚进德云社时，是基本功最差的一个，他甚至连普通话都说不好，操着一口浓重的河南口音。这样的条件想说相声，简直是天方夜谭、痴心妄想。学艺初期的"小岳岳"因此经常被人嘲笑、排斥。

从普通话都说不好的河南小伙儿，到如今火遍全网、上春晚、拍综艺、演电影的"小岳岳"，这一路走来，只有他自己能领略其中的坎坷与艰辛。

"小岳岳"走的是贱萌风格，而接下来要介绍的这位就不一样了，他走的是偶像路线。翩翩少年郎，公子世无双。==他就是德云社的四大颜值担当之一——张云雷。==

张云雷也是郭德纲的"儿徒"。他从小跟随郭德纲学艺，拜师的时候，脑袋后面还拖着一条长生辫，于是有了"小辫儿"张云雷的外号。

有一句话说得好："明明可以靠颜值，他偏偏要靠才华。"有多少姑娘因为"二爷"张云雷的神仙嗓音，而爱上了传统小曲儿呀。那片汪洋绿海，就是"辫儿哥"才华最好的见证。立足传统，开创流行，一腔孤勇，无畏风雨。

对于张云雷，我佩服他钢钉穿透脚踝，却咬牙完成演出时的敬业；心疼他低头隐忍时的痛苦，和扬头抛给观众最明媚的笑时的坚持；感谢他在逆境中坚守，才让更多年轻人感受到传统曲艺的美好。

他本身是一个矛盾体：幸与不幸、柔美与刚毅、传统与流行、歌手与相声演员、古老风韵与年轻活力……但是，这些元素看似矛盾，在他身上却能完美融合，丝毫没有违和感。

于是，他的美，便成了独一无二。

提到拥有超高颜值的角儿，七队队长也绝对"榜上有名"。

"神仙可爱孟鹤堂"，这样的美誉可不是凭空而来的。他跟"辫儿哥"张云雷一样，是个妥妥当当的全能王。唱、跳、说相声、盘狮子头……无所不能。演大姑娘、小媳妇，无所不像。小手指一跷，水蛇腰一扭，立刻变身一个风情万种的小媳妇；白头巾一围，大眼睛一眨，一个娇俏清纯的大姑娘立马上线；演《大保镖》时，又变回英姿飒爽的堂堂。不得不承认，堂堂的表现力真是多面。

多才多艺的孟鹤堂还是个好脾气，没有一点"大佬"的架子，跟他的七队队员更是打成一片，甚至都失去了作为七队队长的"尊严"。他一发话，唉！大家都不听。于是好脾气的堂堂，天天被他的"好队员"们架空。

能与"全能王"孟鹤堂做到旗鼓相当、不分伯仲的，当属"德云坑王"——张鹤伦。

"帅、卖、怪、坏"他只占一个，那就是个"坏"字。一上台来，张鹤伦就开始各种"作妖"，眼神、动作、语言，样样都得争个先。砸挂师父郭德纲，他当属第一名。天天在台上"得罪"师父，那还了得！于是得名"德云坑王"——"台上无大小，台下立新坑，新坑挨旧坑，坑坑挨着张鹤伦。"

跟"德云坟王"风格恰恰相反的，是"太子少保"——阎鹤祥。

说到阎鹤祥你可能不太熟悉，但如果说到德云少班主郭麒麟，你肯定又恍然大悟——哦！我知道了，阎鹤祥就是郭麒麟的搭档呗。

对郭麒麟来说，阎鹤祥更像是他的大哥哥。郭德纲能把自家少爷托付给他，足以说明对阎鹤祥的信赖。事实证明，郭德纲没有看错人。阎鹤祥沉稳通透，台上是大林的好搭档，台下是大林的人生导师。他活得潇洒自在，在大林去其他领域发展的时候，阎鹤祥选择了说书、旅行、环游世界。哈哈，看来有能力的人总是这么不慌不忙，活得快乐又惬意。

拥有相似气质的人，总是拥有相同分量的优秀。德云社里还有一位这样沉稳、佛系的角儿，他就是"小先生"——周九良。身为"九字科"的一员，他虽然年纪不大，但小小的年纪，却喜欢听最传统的戏曲，弹最难学的三弦。他的柳活儿很好，嗓音高亢，一开嗓就能惊艳四方。可以毫不夸张地说："小先生难得开嗓一回，开嗓一回赚一回。"怪不得大家都开玩笑叫他"小先生"呢。

少年老成的周九良，在和孟鹤堂搭档时，总能展现出他"稳中带浪"的一面。在台上把孟哥逗笑是他的日常，又稳又浪，又愣又萌，一人千面也不过如此。介绍完"九字科"的周九良，"头九"大师兄张九龄当然也不能少。

说到张九龄，我就想起来他说的那句："人生百般滋味，生活需要笑对。"现在看来，这句话是他从开始学相声到现在，一路走来，最完美的诠释。

==张九龄是"九字科"的大师兄，现在也很荣幸地当上了九队队长。==他一向稳扎稳打，基本功可圈可点。"九队队长"也算是实至名归。年纪轻轻就能脱颖而出，当真是未来可期。

今天在这里排排坐的，就是这几位角儿。但是德云社里面可不是只有这几位，还有好多好多没有提到的。如果你非要问我德云社里"都"有谁，我只能这样回答——

有因热爱而努力的他们，有因努力而发光的他们。当然，也有现在还没有发光，寂寂无闻却在拼尽全力逗我们笑的他们。

相声演员论资排辈

好的传统，如同历史汪洋捧给世人的珍珠。
莫失莫弃，传承永继。

<mark>国有史，方有志，家有谱。相声界如同一个大家族，当然也少不了自己的"家谱"。</mark>

家谱中讲究的是"辈分"。中华民族非常注重传承，上下五千年薪火相传，生生不息。这种薪火传承体现在中华文化的方方面面，比如，为了让辈分一目了然的取名方式——辈分取名。

据说"辈分取名"源于唐宋，创于明，盛于清，有家族吉祥安康、兴旺发达的寓意。

可能有人会问，什么是辈分取名呢？辈分

取名，就是在中国传统取名方式中，一个人的名字要能体现这个人在家族中的辈分。怎么体现呢？用"一代一字"来体现。也就是同一个大家族中，一代人的名字中间，都有同一个字。

那么，问题又来了，用来排辈的"字"是怎么确定的呢？一般来说，是家族中德高望重且学识渊博的人，比如，族长，给后辈确定的。这个"字辈"可能是一句诗，也可能是一副对联，或者是一句格言。比如，赵匡胤为后代拟定的字辈，连同自己的"匡"字构成一副对联："匡德惟从世令子，伯师希与孟由宜"。

有了"字辈"，后代人在取名时，家长只需起好最后一个字就可以了。一般采用"姓+字辈+名"的格式。这样，从一个人的名字中，就能"辨尊卑，序长幼"，一看名字就知道这个人在家族中的辈分。比如，"孔"家名人辈出：著名乒乓球运动员"孔令辉"是孔家"令"字辈；南京国民政府财政部部长"孔祥熙"是孔家"祥"字辈；援藏干部"孔繁森"是孔家"繁"字辈；北京大学中文系教授"孔庆东"是孔家"庆"字辈。

那么，这四位谁的辈分高呢？孔氏家族的

字辈中有"昭宪庆繁祥，令德维垂佑"，根据字辈排序和世系名人对照，孔庆东为孔家73世孙，孔繁森为74世孙，孔祥熙为75世孙，孔令辉为76世孙。辈分长幼一目了然。

再说相声界这个大家族的论资排辈，它延续了传统家谱"辈分取名"的"一代一字"的特点，也起到了"辨尊卑，序长幼"的作用。

<u>相声作为一门传统艺术，非常讲究师门传承。</u>因此，相声演员的"辈分"是根据"师门传承"的顺序来排列的。近百年来，相声界按照"德寿宝文明"的字辈来排辈。"德寿宝文明"中的每一个字，就代表着一个辈分。

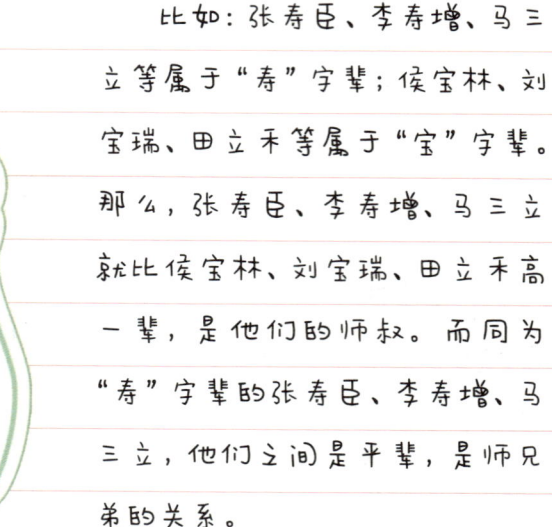

比如：张寿臣、李寿增、马三立等属于"寿"字辈；侯宝林、刘宝瑞、田立禾等属于"宝"字辈。那么，张寿臣、李寿增、马三立就比侯宝林、刘宝瑞、田立禾高一辈，是他们的师叔。而同为"寿"字辈的张寿臣、李寿增、马三立，他们之间是平辈，是师兄弟的关系。

说到这里，可能有的朋友脑子里又冒出一个小问号："张寿臣、李寿增、马三立都是'寿'字辈，张寿臣、李寿增的名字里有个'寿'字，可马三立的名字里怎么没有'寿'字呢？"这就是相声界排辈和传统家谱排辈不同的地方了。

按照"德寿宝文明"字辈来排辈的相声演员，他们的名字中间不必非要加上自己的字辈。比如，"寿"字辈知名老前辈马三立，"宝"字辈的田立禾，"文"字辈的马季，这些人名字的中间，都不带字辈。

郭德纲的师父是侯耀文，于谦的师父是石富宽。侯耀文、石富宽是"文"字辈，这样算下来，郭德纲和于谦在相声界排辈是"明"字辈。可他们的名字中间也都不带字辈。

提到郭德纲和于谦，大家一定很好奇德云社成员在相声界的辈分吧。现在，我把德云社主要成员师承顺序图整理给各位——

张三禄（第一代）→朱绍文（第二代）→沈竹善（第三代）→范瑞亭（第四代，"德"字辈）→焦寿海（第五代，"寿"字辈）→赵佩茹（第六代，"宝"字辈）→侯耀文（第七代，"文"字辈）→郭德纲（第八代，"明"字辈）→岳云鹏、孔云龙、朱云峰、栾云平、李云杰、孟鹤堂、阎鹤祥、曹鹤阳、周九良、张九龄、尚九熙、何九华、秦霄贤等（第九代）。

张三禄（第一代）→朱绍文（第二代）→冯昆治（第三代）→高德亮（第四代，"德"字辈）→高凤山（第五→六代"宝"字辈）→石富宽（第七代，"文"字辈）→于谦（第八代，"明"字辈）→郭麒麟（第九代）

从上面的师承顺序图来看，第一、二、三代是没有字辈的，从第四代开始用"德寿宝文明"排辈。很显然，郭德纲属于"明"字辈。可是于谦的辈分就有些争议了。有人说他是"文"字辈，有人说他是"明"字辈。

据说他的师爷高凤山出身乞丐，当初说相声时，在相声界没什么根基，为了站稳脚跟，拜了"寿"字辈的张寿臣为干爹，所以高凤山自降一辈，成了"宝"字辈。于谦自然而然就成了"明"字辈。

哈哈哈，如果高凤山没有自降一辈，那于谦就是第七代"文"字辈，郭麒麟就是第八代"明"字辈了。这样一来，于谦就成了郭德纲的师叔，郭麒麟就成了郭德纲的师弟。

好乱好乱，幸好只是如果。

说了这么多，迷迷糊糊的宝儿们是不是又上线啦：为什么相声界有了"德寿宝文明"，德云社又出了个"云鹤九霄，龙腾四海"？

这个可要分清楚，相声界的"德寿宝文明"属于字辈，一个字代表一个师承辈分。而德云社的"云鹤九霄，龙腾四海"不是字辈，是字科。

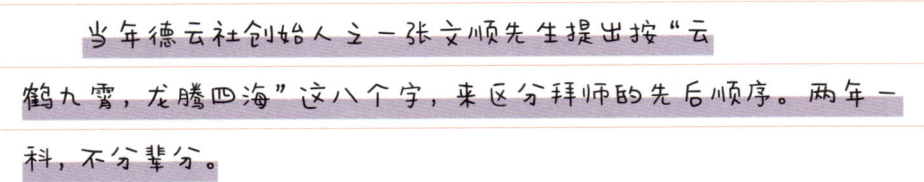

当年德云社创始人之一张文顺先生提出按"云鹤九霄，龙腾四海"这八个字，来区分拜师的先后顺序。两年一科，不分辈分。

这八个科里的成员是平辈，全都是郭德纲的徒弟。比如，我们熟知的岳云鹏、张云雷、栾云平，他们都是"云"字科。孟鹤堂、阎鹤祥是"鹤"字科，周九良、张九龄是"九"字科，秦霄贤是"霄"字科。

他们相互之间并没有师承关系。比如，"鹤"字科的孟鹤堂和"九"字科的周九良，只是孟鹤堂拜师的时间比周九良早，是周九良的师兄，并不是师父。

其实，"云鹤九霄，龙腾四海"这八个字科，更像我们上学时，同一个老师教了好多学生，这些学生根据入学时间不同，被叫作"某一级"或"某一届"一样。不管是哪一级、哪一届，他们之间都是学长和学弟的关系。

==虽然是平辈，但是德云社里每个师兄对师弟都关爱有加，每个师弟对师兄都恭恭敬敬。==

现在，时代向前，脚步匆匆，有些传统的东西被好多人抛诸脑后了。好在，有字辈的存在，时刻提醒我们，不管现在是哪年，不管时间飞驰了多少个世纪，传统礼仪不能忘。

就像德云社的师父郭德纲遥遥走来，徒弟们毕恭毕敬。他们垂手站在师父一旁，侧耳倾听师父的良言教诲。

"德寿宝文明"展现的是相声艺人的礼仪风骨，而"云鹤九霄"则是这礼仪风骨最优秀的传承。不管是传统家谱的字辈，还是相声界的字辈，抑或是德云社的字科，它们的存在，都是在随时随地提醒着我们，要分清长幼，懂得礼仪规矩。

好的传统，如同历史汪洋捧给世人的珍珠。莫失莫弃，传承永继。

第七章

有多热爱，就有多励志

德云女孩不一般

常常在想
德云女孩是个什么群体
没有专业学习
却个个多才多艺

最近，在网络上，我经常能看见各种各样评价德云女孩的帖子。

当然，在互联网时代成长起来的我们，早就学会了接受来自不同人的不同声音。有一些评论，把德云女孩夸得天花乱坠；有一些评论，把德云女孩贬得一文不值。

德云女孩到底是一个什么样的群体呢？

一次心血来潮，顺手搜索了一下"德云女孩"这几个字，哈哈哈，发现了一个很不靠谱又有点靠谱的解释。

德云女孩

注释：一般指热爱中国传统曲艺文化，并疯狂迷恋"亚洲最大传统艺术男子天团"的大型民间女子"流氓"团体。

感觉这个解释，真一半，假一半。"热爱"是真，"流氓"是假。

其实，德云女孩既不是传说中的无所不能，也不是传说中的那样不堪。

当黑暗出现的时候，人们往往会忽略光明。所以，当德云女孩中出现几个"无知粉"时，大家往往只注意到了这几个人，却忽略了大部分清醒且上进的德云女孩。

==她们多才多艺，幽默有趣，热爱传统，热衷曲艺。==

==她们是剪辑"大佬"、填词"大神"、绘画"大师"……==

算了，不知道到底用什么语言能概括奇奇怪怪又可可爱爱的德云女孩。不如把这首我自己填的德云女孩版《爱你》的歌词，送给每一位德云女孩，也送给喜欢和不喜欢德云女孩的每一位。

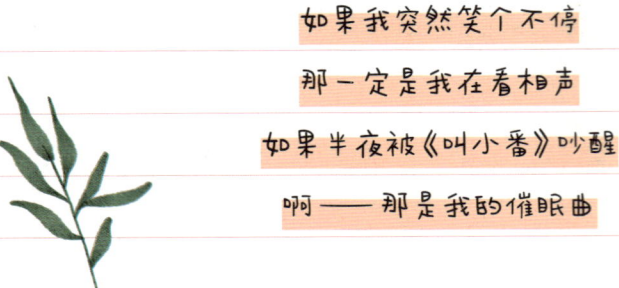

爱你
德云女孩版

如果我突然笑个不停
那一定是我在看相声
如果半夜被《叫小番》吵醒
啊——那是我的催眠曲

常常在想
德云女孩是个什么群体
没有专业学习
却个个多才多艺

在我的心里
每位角儿都是唯一
爱就是努力提升自己

so baby
学习努力一点
座位就靠前一点

题再多刷几遍

德云离你并不遥远

oh 嗨

少说一点

多看她们的优点

嘴闭严 别来招惹人厌

感谢

喜欢听着相声开怀大笑

每一个包袱儿都很闪耀

在结束之后大声叫好

相声发扬光大真自豪

常常在想我究竟

粉了个什么群体

搞怪破坏嬉戏

大褂却又很帅气

在我的心里

每位角儿未来可期

爱就是默默地支持你

so baby

准备充足一点

抢票手速快一点

失败也不心烦

让黄牛无事可干

oh 嗨

少说一点

他们会越来越赞

永相伴 留存经典表演 回忆

那些忘不了的句子

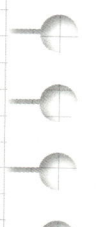

如果说学历是拼搏过后的所得，
那么，经历是沧桑过后的智慧。
如果说学历是走向职场的敲门砖，
那么，经历是行走江湖的启明灯。

听德云社的相声，除了能收获满满的快乐，还能在不经意间，收获几句饱含人生哲理的金句。这些闪闪发光的神仙金句，总能猝不及防地击中我们内心，引人共鸣，让人反思。经常会有那么一瞬间，感觉台上不是一位相声演员，而是一位人生导师。

有人曾经调侃道："他们中的很多人学历并不高，为什么说出来的话如此深刻？"是呀，为什么呢？我想：如果说学历是拼搏过后的所得，那么经历是沧桑过后的智慧。如果说学历是走向职场的敲门砖，那么经历是行走江湖的启明灯。这些相声演员有的从小就开始学曲艺，有的是半路出家学了相声，很多人是从底层拼搏成角儿的，他们经历过流言蜚语的伤害，经历过被指责谩骂的无助，经历过孤注一掷的绝望，经历过涅槃重生的痛苦……他们更能理解"在最深的绝望里，看见最美丽风景"的起起落落。

　　沧桑过后，他们看得明白，活得通透。知世故，而不世故；经沧桑，而不沧桑；见过不善良，却依旧善良；见过尔虞我诈，却依旧待人坦诚。他们把自己和他人对人生的感悟，化成一句句玲珑剔透的金句，希望能照亮那些仍在混沌中挣扎的人们。

郭德纲篇

郭德纲先生说过一句话："人生在世就是让人笑笑，偶尔也笑话笑话别人。"当我数学考得一塌糊涂，或者上课被提问却一问三不知，或者因为脸盲经常认错人时，我总会尴尬万分，跺脚捂脸，像鸵鸟一样想把自己藏起来，心里敲小鼓似的嘀咕几千遍——啊呀呀，别人会怎么看我？大家肯定都在笑话我，在笑话我，在笑话我，在笑话我，在笑话我……

知道了郭先生这句话后，每次再遇到这些尴尬场面，我都会一笑而过，是呀，谁没遇到过几次尴尬呢？人生在世，不就是让人笑笑，偶尔也笑笑别人吗？

郭德纲心语

1. 人心曲曲弯弯水，世路重重叠叠山。

2. 装三分痴呆防死，留七分正经谋生。

3. 真放肆不在饮酒放荡，假矜持偏要慷慨激昂。万事留一线，江湖好相见。

4. 人生在世就是让人笑笑，偶尔也笑话笑话别人。

5. 能受苦乃为智士，肯吃亏不是痴人；敬君子方显有德，怕小人不算无能。

6. 谁人人前不说人，哪个背后无人说。

7. 大海波涛浅，小人方寸深。从来名利地，易起是非心。

8. 穷人站在十字街头，要十把钢钩，钩不着亲人骨肉；有钱人在深山老林，要刀枪棍棒，打不散无义宾朋。

9. 把脾气拿出来叫本能，把脾气压回去叫本事。

10. 不与君子斗名，不与小人斗利，不与权贵斗势，不与天地斗巧。

11. 山阻石拦，大江必定东流去；雪辱霜欺，梅花依旧向阳开。

12. 如果你认为人人身上皆有善，那你还没有遇到所有人。

13. 山上青松山下花，花笑青松不如它。有朝一日寒霜降，只见青松不见花。

14. 平生四恨：一恨鲫鱼多刺，二恨海棠无香，三恨人情如纸，四恨小人猖狂。

15. 万事皆已定，浮生自奔忙。

16. 乾坤吞于袖内，日月隐于壶中。

17. 雪压枝头蕊，风吹叶底荷。高人说炒作，学者骂浅薄。

18. 主流相声界并不是因为失败了而烦恼，而是因为失败后找不到借口而烦恼。

19. 遇好晴天、好山水、好书、好字画、好花、好酒、好心情，须受用领略，方不虚度。人生苦短，一定要知恩、知足、知命、知道、知幸，心不贪荣身不辱。杨柳风、梧桐月、芭蕉雨、梅花雪、香椿芽、野菜根、茄子把、豆腐泥、俗与雅、素与荤，全能招呼，人生一乐也。

于谦篇

说到于谦老师,我的脑海里立刻冒出一个字:玩!我超喜欢于老师的性格,他总能以"玩"的姿态笑看人生。率性而活,潇洒自然。因此,于老师的话里,透着三分随性,七分洒脱。

我很喜欢他的一句话:大概呢,我身边碰到的都是简单的人,甚至都是能够简单对我的人。因为你跟别人简单,别人就不会跟你复杂。所以身边有很多能够简单对我的人,这也是我的一个幸运。

也许,这就是所谓的:你种下什么因,就会结什么果吧。光明磊落的人,身边必定洒满温馨明媚;阴险黑暗的人,身边必定会充满蝇营狗苟。

于谦心语

1. 为什么海能纳百川?不是因为海大,也不是因为海深,是

<u>因为海的姿态低。</u>

2. 玩儿充实了我的生活，填补了我的空虚，使我不感孤独，远离寂寞，躲避了相声界的消沉氛围，忘掉了事业的坎坷不顺，交到了朋友，学到了知识，认识了自然，体会了友情。

3. 老话说，人越吃越馋，越睡越懒。

4. 任何工作都应该是以兴趣为基础，只有会玩儿，才能更好地工作。

5. 这辈子最大的一个事儿，你不要管别人，你就管这相声说得怎么样了，你把自己做好了就行。

6. 我觉得酒肉朋友特别重要，因为在你有压力的时候，聚一帮人能够陪你喝酒聊天，聊得很畅快，这是你得到快乐的一个重要源泉。

郭麒麟篇

身为德云少班主的郭麒麟，真无愧那句评价："生来一身书生意气，学得满腹经纶文章。"他凡事靠自己，这些年在社会上摸爬滚打，悟出了不少人生哲理。

他曾说："人为什么开始对生活失去信心？就是因为太闲。"我深有同感。我发现有些人每天过得浑浑噩噩、无精打采，总抱怨活着没意思之类。深入了解后，发现他们并不是被生活压得喘不过气，相反，他们中很多人家庭条件还可以，甚至可以说是条件优越。那么他们为什么会有这种厌世的感觉呢？究其原因，可能就是这两个字——太闲。

忙，是治愈一切的良药。只要忙起来，人没有了胡思乱想的时间，自然也少了很多烦恼和忧虑。怪不得人们常说：闲人是非多，一忙解千愁！

郭麒麟心语

1. 只要你会，怎么都对。

2. 菜才是唯一的原罪。

3. 我干吗非得活在别人的嘴里呢？我活在自己身上不是挺好吗。

4. 始于误解，终于自省。

5. 不守规矩的人，才会觉得规矩严格。

6. 既然有的标签我撕不掉，那我不如再写一张新的标签，把这张标签贴在我不喜欢的标签上面，把那个标签盖住。

7. 人生就是该处处克制，人生下来就应该控制自己所有的欲望，包括控制自己的愤怒。

8. 老话不就是知足常乐，看什么都高兴，没吃上毛肚，吃黄喉了也挺开心的。

9. 只有想法而不去做，等于没有想法。

10. 我最怕你不看我，就给我下了定义。

11. 我非科班的出身，不代表我拥有非专业的水平。

12. 你说来这人间走一遭啊，得不虚此行。

13. 过自己想要的日子，就是美好生活。

14. 当你越来越依赖外界的时候，其实就已经迷失了自我。不如打开你生活的触角，去生活中体验，去感悟，让生活来教给你什么是真正的自己。

15. 这个世界上，没有那么多的应该，也没有那么多的必须。我们相信这个世界是善良的，但没有人有义务要善意对待你，所以你要学会善意对待自己。

孟鹤堂篇

七队队长孟鹤堂是众所周知的多才多艺。他上得了厅堂，下得了厨房；背得了贯口，演得了女娘……孟哥认同的金句，我个人认为，有略带小忧伤的文艺色彩，好喜欢。

孟鹤堂心语

1. 打了就是打了，骂了就是骂了，买再多玩具，说再多对不起，也根本弥补不了。

2. 我不服这世界，世界会给我一个美好的明天。

3. 我哪一段时间都不想丢掉，从过去到现在，少了一分一秒都不是现在的我。

4. 所有过去经历的东西，都是你应该经历的，每一段都不能丢弃，不管是好的还是坏的。

5. 相信自己，你没遇见过更好的自己，你就不知道现在的自己有多好。

6. 隔着玻璃看鱼，看不到鱼的眼泪。七秒后，鱼也记不住自己为什么哭。

7. 这个世界上最可怕的不是比你优秀的人，最可怕的是，比你优秀还比你努力的人。

8. 只有努力，才能让你变成你想要的样子，努力是让人上瘾的，尤其是当你尝到甜头的时候。

张九龄篇

新晋九队队长,身为九字科大师兄的张九龄真的是文采斐然。

张九龄心语

1. 谁都道余生,哪又惧风雨,唯愿风雨吉,处处皆是你。

2. 后来呀,我才想明白,太阳都没法做到让所有人喜欢。你说它温暖,我说它刺眼,谁能不挨骂呀!

3. 我们慢慢说,您慢慢听,来日方长,且看细水长流。

4. 一辈子很长,我们一起成长,可以吗?

汇总篇

德云社的每位角儿用过的金句我都超爱，还是来个大合集，一起品味吧。看看你都听过哪几句。

1. 别到处嚷嚷世界抛弃了你，世界原本就不属于你。

2. 你们当时的不认可，让我更加努力。

3. 当你失去一个东西之后，后来又重新拥有了它，你会特别感恩。

4. 成为你想成为的人，一步一个脚印地去开拓自己的边界，做一个清醒的局外人，但行好事，莫问前程。

5. 在这世界上，什么都没有快乐地活着重要。只有你开开心心地活着，快乐每一天，你才会发现以后会有更多美好的事情在等着你。

6. 当你觉得生活很累，努力不动的时候，可以失望，但千万不要绝望。

7. 天赋是自己决定不了的，态度才是进步的原力。

8. 有句话叫触底反弹，我挺相信这句话的，在你最难的时候会有一些别的转机。

9. 人生最大的修行莫过于身处困境，仍能心向阳光。

10. 没有河，没有环岛，没有高速，没有草坪，路也不是很宽，你只能遇到我。

11. 既然人生必须要尝百味，那就努力把苦变得甜一点。

12. 嘴巴不乱讲，行为不乱做，就是人间的圣人。

13. 要经历一些风风雨雨，被踩到泥里，尽量地让自己爬出来，爬不出来就使点劲儿呗。

生活中不全是云淡风轻，遇到失意之事怎么办？遇到坎坷怎么办？那就听听相声，品品金句。如果这还治愈不了你的失落，那就再听听相声，再品品金句……

生活百般滋味，人生需要笑对……才对。

秀秀你的作业单

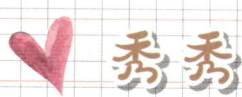

> 如果传统曲艺是一道光，
> 那么，
> 我们就是追光者，
> 追逐光，成为光，散发光……

有这样一群女孩，"二爷"张云雷曾被她们震惊：绿海茫茫，女孩们在台下与他合唱。不管台上的"辫儿哥"唱哪首小曲儿，她们都能一字不差地全曲跟上，真可谓"无所不能"。"小岳岳"曾为她们的记忆力折服，从《五环之歌》到《送情郎》，只要"小岳岳"口一开，女孩们在台下每一首歌都能张口就来。真是"所向披靡"。

==这群女孩，就是德云女孩。==

都说"台上一分钟，台下十年功"。这句话不只对台上的相声演员适用，对台下的德云女孩也同样贴切。她们能把小曲

儿唱得毫不费力,又能把贯口背得如行云流水,这背后的辛苦,只有德云女孩自己知道。

别人在刷小视频,她们在学唱小曲儿;别人在玩游戏,她们在背贯口。学唱小曲儿,背背贯口,这几乎成了所有德云女孩的业余作业。完成作业的过程并不轻松,但她们却自得其乐,并乐此不疲。她们比别人更懂得"要想人前云淡风轻,必定人后披荆斩棘"的道理。

热爱传统曲艺的德云女孩,几乎人人手里都有一份"作业单"。这"作业单"可不同寻常,不仅门类颇多,而且在每一门类下,又有好多细分的曲目。

德云女孩的作业单是什么样的呢?让我们翻开来看一看吧。

No.1 太平歌词类

喜欢听相声的人对太平歌词肯定不会陌生。传统相声演员的四大基本功:说、学、逗、唱,里面的"唱",主要指的就是唱太平歌词。

太平歌词从北京的民间小曲演变而来。著名史学家张次溪在《人民首都的天桥》一书中写道:"太平歌词演唱者,手持木

（按：应为"竹"）板两块，用指合拍，词句多为警世规善的词句，歌韵多婉转。"

相声演员几乎都必须会唱太平歌词。在露天演出时，正式演出前或演出后加演时，太平歌词多用来招徕顾客。

演唱时，演唱者把两块竹板（行话叫"玉子"），拿在左手手心，运用手指、手腕的击打、颤动，奏出悦耳动听的声音来伴奏。

后来，相声不在露天演出了，太平歌词几乎失传。再后来，经过许多传统曲艺艺术家的努力，太平歌词又恢复了它的活力。最近这几年，好多年轻人把太平歌词听得津津有味、唱得有腔有调。这其中，德云社功不可没。

太平歌词传统曲目丰富，比如《太公卖面》《秦琼观阵》《一文钱》《世态炎凉》《劝人方》《层层见喜》等。

太平歌词的唱词内容常见的有三类：民间传说故事、劝世文和文字游戏。《韩信算卦》《太公卖面》《秦琼观阵》等属于民间传说故事类；《劝人方》《夸闺女》《为人应报父母恩》等属于劝世文类；《百家姓》《青菜名》《小上寿》《百戏名》等属于文字游戏类。

对德云女孩来说，唱太平歌词属于"必备技能"之一。下面这些太平歌词就常出现在德云女孩的作业单中。

太平歌词作业单

《白蛇传》《挡谅》《游西湖》《层层见喜》
《单刀会》《劝人方》《鹬蚌相争》
《五龙捧圣》《太公卖面》《秦琼观阵》《世态炎凉》《闹天宫》《韩信算卦》《小上寿》《福禄寿喜》。

No.2 小曲儿类

一提到小曲儿，"柠檬"们大展身手的时候就到啦。最出名的北京小曲儿，就是"二爷"张云雷拿手的《探清水河》。

小曲儿一般都是由民间故事改编而来的，叙事性比较强。《探清水河》这首小曲儿唱的是清末民初，发生在北京西郊火器营村中的一个绝美凄惨的爱情故事。如果说文字最能记录一段往事，不如说小曲儿最能传唱一段回忆。

小曲儿作业单

《探清水河》《大实话》《送情郎》《画扇面》《照花台》《休洗红》。

No.3 京剧类

京剧是我国十大国粹之一,是在我国影响最大的戏曲剧种。表演上"以形传神,形神兼备",唱腔上悠扬委婉,声情并茂。由于流传度极高,得到了各地人民的喜爱,因此又被称为"国剧"。

2006年5月,京剧被国务院批准列入第一批国家级非物质文化遗产名录。后来在2010年,京剧又被列入联合国教科文组织非物质文化遗产名录,人类非物质文化遗产代表作名录。京剧是中华民族的骄傲。

作为国粹的京剧,相声中可不能少。相声演员的四大基本功课之一——学,学的就是各大地方戏剧,学唱京剧是势在必行。

因此,德云女孩的作业单中,京剧也赫然在目。

京剧作业单

《锁麟囊·春秋亭》《四郎探母》《定军山》《春闺梦》
《白蛇传·青城山下白素贞》《红娘》《卖水》《你快回来》
(京剧版,张云雷、于文华演唱)。

No.4 评剧类

评剧是北方人民喜闻乐见的戏曲剧种之一，自然也常被相声演员们"学"唱。评剧形成于唐山地区，因此又称"唐山落子"。评剧曾在2006年5月，被列入首批国家级非物质文化遗产名录。

评剧也是张云雷最拿手的戏种之一，一曲《乾坤带》余音绕梁，三日不绝。通过"二爷"张云雷，德云女孩熟知了评剧，作业单里自然也不能少。

评剧作业单

《乾坤带·并非是儿臣以小犯上》《牙痕记（评剧版）》《锁麟囊（评剧版）》《花为媒》《白蛇传（评剧版）》《杜十娘（评剧版）》。

No.5 京韵大鼓类

随着"麒麟剧社"的开张,德云女孩对京韵大鼓也兴趣盎然。

<u>京韵大鼓是中国曲艺曲种之一。最早是流行于河北沧州、河间一带的木板大鼓。</u>后来木板大鼓流入北京、天津,刘宝全老先生改用北京的语音声调来吐字发音,吸收石韵书、马头调和京剧的一些唱法,创制新腔,逐渐演变成现在的"京韵大鼓"。

德云社的师娘王惠老师,就是一名优秀的京韵大鼓演员。

京韵大鼓作业单

《黛玉焚稿》《探晴雯》《孟姜女》《丑末寅初》《太虚幻境》《大西厢》《风雨归舟》。

No.6 贯口类

德云女孩对贯口还真是"情有独钟"。有些德云女孩会把贯口词打印，或者抄下来，放进自己的口袋里随身携带，时不时拿出来背一背。

贯口是对口相声中常见的表现形式，也叫"背口"。听名字就知道，贯口讲究一气呵成，一贯到底。也就是说，背"贯口"必须吐字清晰、语言流畅、快而不乱、慢而不断、一气呵成。

贯口分为大贯儿和小贯儿两种。大贯儿有点长，一般有上百句，比如大家熟知的《报菜名》和《地理图》。小贯儿比较短，一般十几句到几十句不等，例如《白事会》中就有一些小贯儿。

贯口作业单

《报菜名》《地理图》《大保镖》《八扇屏》《夸住宅》《玲珑塔》《同仁堂》《白事会》《兵器谱》《英雄论》《开粥厂》。

附：叫卖类

《卖药糖》《卖估衣》《十三香》《卖菜》《卖包子》《卖冰糖葫芦》。

　　好啦，就整理到这儿吧。不过，最后的最后，我要提醒各位热爱曲艺的小姐妹们一句：此"作业单"非彼"作业单"。这些作业，一定是在不耽误学习的情况下，在你的休闲时光内额外完成的哟。切记切记！
　　一入德云长路，一生传统不负。
　　如果传统曲艺是一道光，那么，我们就是追光者，追逐光，成为光，散发光……

第八章

相声与快板

相声知多少

> 嘻嘻哈哈听相声，
> 明明白白做观众。

喜欢一样东西、一个事物，我们总是会不由自主地反复去听、去看、去触摸、去研究。

喜欢相声也一样。因为喜欢了相声，所以总想知道关于相声的方方面面。或许这也算是一种爱屋及乌吧。

1. 到底什么是相声？

相声，是一种民间说唱曲艺。这种曲艺形式很有趣，它通过组织一系列特有的"包袱儿"，来让人哈哈大笑或会心一笑。相声艺术起源于华北区域，流行于京津冀。相传始于明代，现在，相声不仅在国内普及，甚至还流传到海外。

2.相声四门基本功：说学逗唱

说：相声里的"说"，可不同于我们平常的唠嗑、说家常。它是指能说绕口令、背贯口，会念定场诗、数来宝等。

学：相声里的"学"，可谓是五花八门的"学"，更多是"模仿"。比如，模仿各种叫卖声，模仿各种动物叫声，模仿各种唱腔，模仿各种地方戏曲，模仿男女老幼的音容笑貌，等等。现代相声中的"学"还经常包括学唱流行歌曲等内容。

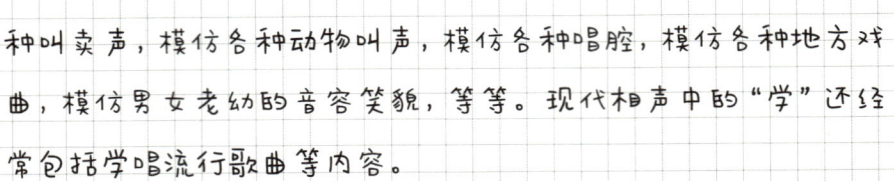

逗：相声里的"逗"，不是简简单单的开玩笑、逗着玩儿，它是指相声演员插科打诨、抓哏逗趣的技巧。说简单点，就是用各种手段把人逗笑。

唱：相声里的"唱"，并不是我们平时说的唱歌、唱戏。这里所说的"唱"，主要指的是唱太平歌词，以及开场小唱。而唱流行歌曲、唱京剧、唱评剧等，因为有专业人士表演，所以在相声中，这些只能归为"学"的行列。

3.相声的主要表演形式有哪些？

单口相声：又称"单口"或者"单春""单笑话"，就是指一个人表演相声。单口相声胜在幽默有趣的故事情节，更侧重人物间的对话，很多包袱儿藏在对话里。比如，传统相声《连升三级》《珍珠翡翠白玉汤》等，还有马三立先生的《家传秘方》、郭德纲先生的《丑娘娘》。

对口相声：又称"双春"，顾名思义，是指两个人说的相声。这两个人一个是逗哏，一个是捧哏。一个人负责"逗"，一个人负责"捧"，两个人合力把听众逗笑。在德云社听的相声，大部分都是对口相声。

群口相声：就是一群人，也就是三人或三人以上说的相声。从前有这样的说法："一人为说，二人为逗，三人为凑，四人为哄，五人就乱了。"所以群口相声，一般不会超过四个人表演。著名的《扒马褂》就是一个群口相声。

4.相声常用的道具有哪些？

醒木：醒木又叫"醒目"，也叫"响木"。它是一块长约一寸、宽约半寸的长方形硬木块。醒木不仅在相声表演中出现，也在说评书的时候使用。醒木嘛，当然主要作用就是"提醒"啦。

相声演员或说书先生在表演即将开始时，拍一下醒木——啪！提醒观众：演出马上开始了，大家请安静。因此，醒木还有一个外号叫"止语"。

比如，郭德纲先生说单口相声时，常常先来上一段定场诗："说书唱戏劝人方，三条大路走中央。善恶到头终有报，人间正道是沧桑。""啪"醒目一拍，提醒观众：不要再搭茬了，大家都听我说。

另外，醒木除了提醒作用，还经常用来加强气势。比如，在对口相声《黄鹤楼》中，为了彰显张飞雄健豪壮的出场气势，相声演员说完"等候翼德张"，会使劲儿拍一下醒木。

折扇：说起折扇，眼前立刻出现了张云雷手执折扇的国风美少年形象。折扇带给

相声演员一丝古典美。但是，折扇的主要作用可不是为了美。

在最早的相声表演中，折扇只是为了让人凉快。那个时候没有空调、没有风扇，剧场里面闷热不堪。相声演员站在台上连说带演，更是热到大汗淋漓，一把折扇就成了他们的"解暑神器"。

不过到了现代，剧场条件好了，不必再用扇子扇凉了。折扇呢，摇身一变，成了辅助相声演员表演的一个全能道具。它可以是《口吐莲花》里敲小锣的鼓槌，也可以是《大保镖》里的刀枪棍棒，甚至可以是《双字意》里写大字的一支笔……

手绢：手绢在相声表演中，可谓是"一等一"的功臣。它不像普通手绢一样，只是用来擦汗擦鼻涕，在相声表演中，手绢通常被用来当作某个物品。

比如，在《汾河湾》中，两位相声演员，一位要扮演柳银环，另一位要扮演薛仁贵。但是台上的逗哏和捧哏穿的都是相同颜色的大褂，台下观众很难辨别角色。这时候，捧哏的就跟逗哏的说："咱们包一包头，好区分角色。"然后，拿出一个大白手绢包在头上。这时，手绢被当作了头巾。另外,在《卖布头》中,手绢被当作"布头";在《卖估衣》中,手绢被当作"估衣"。

<u>桌子</u>:桌子是传统相声的常用道具之一,放在舞台中央,上面放着折扇、手绢、醒木等道具。一般逗哏演员站在桌子外,便于表演;捧哏演员站在桌子后侧正中间,起到稳定舞台画面的作用。另外,桌子还可以用来构造场景。比如,在表演柳活儿时,桌子可以区分上下场门和前后台。

<u>御子</u>:御子(玉子)是两块小竹板,相声演员在演唱太平歌词时,用其来伴奏。传说这是慈禧太后赐给相声艺人的伴奏工具,所以,相声艺人管这两块竹板叫"御赐",后来用了谐音"御子"或"玉子"。

5. 相声中那些专有名词

<u>逗哏</u>:又称"使活儿的"。是指对口相声表演中的主要叙述者,主要负责逗观众笑。比如,郭于组合中的郭德纲,堂良组合中的孟鹤堂。

<u>捧哏</u>:又称"量活儿的"。是指对口相声或群口相声中配合逗哏演员,起辅助作用的演员。比如,郭于组合中的于谦,堂良组合中的周九良。

柳活儿：相声艺人称唱为"柳"。柳活儿就是以学唱为主，是能展现演员演唱功力的相声段子。

入活儿：通常相声演出时，演员一上台来，不会直奔主题，而是先说一些垫话，用垫话慢慢引入正题的这段内容叫"入活儿"。有承上启下、活跃气氛的作用。

刨活儿：指的是台下观众提前知道了台词，并且还接下荐透露台词，使台上相声演员无法正常表演，整段相声失去原有的效果，甚至垮掉。

现挂：指的是相声演员没有事先排练，现场发挥创作的笑料。现挂非常考验相声演员的聪明才智和随机应变能力。要根据当时的情景和演出时现场的突发状况，临时发挥。发挥好了，往往能达到意想不到的效果。比如，去小剧场听相声，有观众中途起身要去上个厕所。这时，台上的相声演员问："您干吗去呀？怎么我一上来您就走了？"观众哈哈一笑，不好意思地解

温馨提示：在看相声表演时，不管你有多熟悉这段相声，也请在心里默念，而不要说出来"刨活儿"哟。

释，其他观众也跟着起哄。这样一下子就拉近了演员和观众的距离。这就是现挂。

砸挂：是指相声演员在演出时，彼此戏谑取笑的一种手段。砸挂一般是在私人关系非常好的朋友之间进行。比如，郭德纲先生经常拿于谦老师砸挂。另外，在砸挂时，一定要注意几点：一是砸挂时不要掺杂进私人恩怨；二是不要拿社会上一些敏感话题砸挂；三是对长辈和所有值得我们尊敬的人，不能随意砸挂。

包袱儿：也就是相声中的笑料。相声演员在台下观众不知不觉中，把包袱皮儿一层一层打开，等铺垫得差不多，时机成熟的时候，猛地把里面的笑料抖出来，引起观众哄堂大笑。

开箱：这里并不是"打开箱子"的意思，开箱指的是每年的第一场演出。

封箱：与开箱恰恰相反，封箱是指每年的最后一场演出。

攒底：是指整场演出中，最后一场表演。一般是由大腕儿进行演出的。比如，在德云社历年开箱、封箱演出中，攒底的往往都是郭德纲和于谦。

好啦，就说这么多吧。说这些不为别的，只是为了让咱们都能：嘻嘻哈哈听相声，明明白白做观众。

包袱儿抖不完

> 包袱儿抖不完，
> 笑声连不断。

无包袱儿不相声。相声是一种通过"包袱儿"让人发笑的曲艺形式。这个"包袱儿"就是相声中的笑料，是相声的核心和精华。没有包袱儿的相声不叫相声，顶多只能算作一个人的自言自语，或两个人瞎聊天。

那么，相声中的"包袱儿"是怎么抖出来的呢？也就是说，"包袱儿"是怎么制造出来的呢？

看到这个问题，估计不少小姐妹都会撇撇嘴：我又不写相声，知道这些做什么？我只需要会听就够了。

在我看来，了解制造包袱儿的方法有很多好处哟。比如，知道了如何制造包袱儿，我们说话时就能"小包袱儿"不断，轻轻松松尽显幽默风趣，瞬间提高个人魅力。另外，如果你还是个学生，知道如何制造包袱儿就更有用了，你写出来的作文一定会趣味十足，作为读者的老师一定会笑着看完你的文章，想不打高分都难呢。

你是不是都有点迫不及待，想知道包袱儿的制造方法了？好吧，我结合自己听过的相声，整理出下面这八种方法：

1. 重复法

重复法比较简单，就是一句话不断地说，一般重复三四次，但是重复中又会有些小变化，笑点经常出现在最后。前面的反复是给观众一个听觉上的惯性，而说最后一遍时，偏偏不顺着前面的惯性来，突然话锋一转，给人意想不到的喜感。

比如，郭德纲相声里面有一小段是：他的剑是冷的，他的刀是冷的，他的心是冷的，他的血是冷的……呀，这孙子冻上了！

再比如：有段双簧表演，大姑娘给情郎准备饭菜——

甲：一碟子腌白菜呀，一碟子腌白菜，一碟子腌白菜呀，又一碟子腌白菜……

乙：尽是腌白菜，这情郎是只蝈蝈呀？

前面"一碟子腌白菜"反反复复，笑点在后面的"情郎是只蝈蝈"上。

2. 双关法

一语双关，也就是一句话包含两个意思，表面一个意思，暗地里又藏着另一个意思，让人产生误解。比如，郭德纲相声《怪治病》中的片段。

郭德纲：我们后台有两个胖子，一个孙越，一个刘元。刘元的外祖父是相声大家张庆森先生，孙越的外祖父是李文华先生。这两个孙子……

于谦：两个孙子呀？

在这里，郭德纲说的"孙子"就有一语双关的意思，一是顺承上面的介绍，是张庆森和李文华的孙子；二是有占便宜之嫌，其实是拿两位砸挂。听懂的人自然会心一笑。

3. 谐音法

这种方法很有趣，也很常用。它是利用有些字的字音相同或相近，但意思不同来让人产生误解，惹人发笑。比如，相声《八扇屏》中的片段。

郭德纲：后来我就开始看古典文学，三字经、百家姓、十里河、二龙路、大北窑……

于谦：画地图来了你这儿？

郭德纲：五经、四书、三叔、大妈、舅舅……

于谦：这辈儿你倒是不乱。

这里面"四书"中的"书"和"叔"同音，所以顺着"四书"接下来"三叔、大妈、舅舅……"。这段相声里面的包袱儿，大多是一系列谐音造成的误解。再比如，《醋点灯》中的片段。

郭德纲：一打儿子，我媳妇儿不干了。

于谦：你媳妇儿？

郭德纲：一打他，纲太不干了。

于谦：等会儿，纲太是谁？

郭德纲：郭德纲的太太。

于谦：哎呀，糟蹋了这么一味好药。

这里"纲太"和治痔疮的药"肛泰"因为读音相同，被混为一谈，让人忍俊不禁。

4. 反常法

生活中，我们会遇到一些违反常规的事情，大家都觉得不可理喻。可在说相声时，却把违反常规的事情，照常规来讲。于是就有了像"痴人说梦"一样的效果，逗人发笑。比如，《我这一辈子》中的片段。

郭德纲：后来我想练游泳，什么仰泳、蛙（三声）式……

于谦：您倒没练砖式，还瓦式。

郭德纲：后来遭到了园林部门的阻挠。

于谦：您游泳怎么遭到园林部门阻挠呢？

郭德纲：我在草坪上练。在草坪上练游泳一次都没溺水过！

于谦：没把自己活埋喽？

"游泳遭园林部门阻挠"和"在草坪上练游泳"这些情景不可能出现在常规生活中，所以听起来好可笑。

5. 夸张法

为了表达某种效果，对事物的形象、作用、特点、程度等，刻意地夸大或缩小。夸张里蕴含着丰富的想象力。比如，相声《托妻献子》中的片段。

郭德纲：你开着一个十三开门的凯迪拉克过来了。

于谦：我开火车来的呀。

郭德纲：家里条件很困难，住的房子也很破旧，千疮百孔，赶上下雨算是要了亲命了。

于谦：怎么？

郭德纲：外面下小雨，屋里下中雨；外面下中雨，屋里下大雨；外面下大雨，屋里下暴雨。有时候雨太大了，全家人都得上三环外避雨去。

这段相声中，对"加长凯迪拉克"和"屋里下雨"的描述就极尽夸张，突出了凯迪拉克的"长"和家里条件的困难。尤其是十三开门的凯迪拉克，简直太搞笑。

郭德纲在另一段相声中，说到自己和于谦的爸爸为占小便宜，喝免费的元宵汤，先用碗喝，再用盆喝的夸张情景。

郭德纲：元宵店老板说"汤没了！元宵变锅贴了"。

于谦：嚯！好嘛！

郭德纲：没看我们那厨子吗？勺子都放下把铲子抄起来了。

于谦：哈哈。

郭德纲：四个人挑水供不上你们两人喝！

最后一句夸张地说出了两个人喝"不花钱的汤"之多。这种说法，在我们平时的生活中也常见，比如，说一个人吃得多，可以说："四个人蒸包子都供不上你一个人吃！"或"一头大象都不够你吃的！"

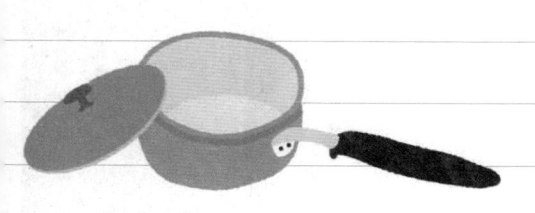

6. 误会法

由于误会或巧合，给人造成错误理解而闹出的笑话。比如，郭德纲相声中有一片段。

郭德纲：看来干这个事不是轻而易举的，还是从小处着手吧。

于谦：基础做起。

郭德纲：慢慢来吧，找了几个哥们儿干点活儿吧，干包工队。

于谦：好好干。

郭德纲：刚开业就有人来找我们。

于谦：什么活儿？

郭德纲：打开图纸一看，好干！盖个70米的大烟囱。

于谦：这活儿可不小！

郭德纲：没黑没白地干完了，人家一分钱都不给！

于谦：凭什么呀？

郭德纲：图纸看反了，人家是让挖口井。

一个让挖井，一个却盖烟囱。井和烟囱在图纸上看起来，形状很相似，只是一个朝下，一个朝上，方向颠倒了，所以才会闹出这样一场误会。

另外，像马三立老先生的单口相声《逗你玩》，讲的是有位妈妈把洗好的衣服晾在院子里，让儿子小虎看着。这时，一个小偷来了，他先和小虎聊天，说自己名字叫"逗你玩"。当他偷衣服时，小虎忙向屋子里的妈妈大声报告。妈妈问是谁偷衣服，小虎回答："逗你玩！"妈妈以为孩子在和自己逗着玩，没有理会。小偷得逞。

小偷名字"逗你玩"，和孩子恶作剧"逗你玩"引发了误会。这段相声的包袱儿，就是用了这种误会法。

7. 矛盾法

表里不一，言行不一。当面一套，背地一套。说一套，做一套。说话办事自相矛盾，因此漏洞百出，不能自圆其说。比如，马三立、张庆森两位老先生的传统相声《钓鱼》中的片段。

马：这鱼一见水，个个活。他可忘了一样。

张：忘了什么？

马：买的鱼和钓的鱼不一样，钓的鱼有大有小，什么鱼都有，买的鱼一般儿大。

张：对呀。

马：姥姥越看越纳闷儿，"大哥，你这鱼一般儿大，可别是买的吧。"就这句话，他可急啦！"哎，姥姥，你看这怎么叫买的呢！怎么叫买的呢！我自己钓的！"

张：嗐！

马：他爱人一看，忙出来给打个圆场，"哎哟，姥姥，您可别这么说话，这么大年纪，说话可真不是地方。这怎么是买来的呢，是钓来的。二儿他爸爸，你甭着急啦，是钓来的。这鱼钓得可真多，看着有二斤多呢！"他急得接话啦，

"嘛玩意儿，二斤多？四斤还高高的呢！你不信你问去，四斤掌柜的还给我饶了两条呢！"

张：嗐！这还是买的呀！

相声中，二儿他爸爸天天去钓鱼却钓不到，为了不让街坊四邻笑话，他偷偷跑到鱼市买了鱼，回到家站在院子里嚷嚷钓到鱼啦！邻居们都出来围着看。姥姥质疑说像买的，二儿他爸爸死不承认。当二儿他妈妈出来打圆场时，他却说："四斤掌柜的还给我饶了两条呢！"

前面极力否认，后面一句话打脸，前后言行自相矛盾，让人觉得可笑。

8. 突转法

突转法就是不走寻常路。按照前面的叙述和铺垫，你会得到一种理所当然的结果。可是，突转法是偏偏不按常理出牌，而是突然转了一个弯儿，奔向另一个结果。虽然出人意料，但是想想却又在情理之中。比如，郭德纲相声中的一个片段。

郭德纲：植物园里什么植物都有，各种各样都有。看了看绿色，我的心情好了很多。我想起了一位伟大的科学家——牛顿师傅。

于谦：什么时候牛顿改厨子啦？就叫牛顿。

郭德纲：牛顿坐在苹果树下，苹果砸到脑袋上，发明了那叫什么？

于谦：发明了万有引力定律，那是重要的发明啊。

郭德纲：我怎么就不行呢？

于谦：您也可以呀。

郭德纲：我也要试一试。

于谦：噢……

郭德纲：我坐在树下，啪！成功砸头上了！

于谦：树上掉下个苹果？

郭德纲：榴莲！

于谦：嗬……这还不得砸晕了。

郭德纲：一个小时后我苏醒了。

牛顿头上砸了个苹果，砸出了万有引力定律。于是郭德纲也坐树下。顺着这个思路，那么，他也会被掉下来的苹果砸头，醍醐灌顶。可是，相声偏偏不按这个常理走，而是画风突转，不是温情脉脉的苹果，而是榴莲树下掉榴莲。那么大的榴莲，还带着刺，砸到头上的后果可想而知。

另外，如马三立老先生的单口相声《家传秘方》，最后的家传秘方，打开一层锡纸包，里面还有一层白纸包，打开一层白纸包，里面还有一层白纸包……人们一定会想，层层包裹下的"家传秘方"一定极其珍贵。没想到，结果偏偏不按人们的常规思维来，打开最后一层白纸包，里面只有两个字"挠挠"。

还有，像刘宝瑞老先生的单口相声《扔靴子》，最后的包袱儿也是用了突转法。

当然啦，相声里包袱儿的制造方法可不仅仅只有这八种。相声大师马季先生在《相声艺术漫谈》里就把组织包袱儿的手法分为二十二类：三翻四抖、先褒后贬、违反常规、阴错阳差、故弄玄虚、荒诞夸张、自相矛盾、乱用词语，等等。

包袱儿抖不完，笑声连不断。学会抖包袱儿的技巧，小包袱儿抖起来，把笑声洒向身边的每一个角落。如此，甚好。

人人会打快板，
世界铿锵有你

快板如同风信子一样，深入各个角落，生机盎然，遍地开花。

"竹板这么一打呀，别的咱不夸，我夸一夸，这个传统美食狗不理包子。"一阵快板声从热气腾腾、香喷喷、暖融融的厨房传到了我的耳朵里。油汪汪的猪肉大葱馅儿和着香喷喷的发面味儿，再加上这么一段快板，让我口水直流。这就是我家的厨房，厨房里有妈妈围着围裙忙忙碌碌的背影，有香气扑鼻、让人垂涎三尺的肉包子味儿，还有一阵阵清脆响亮的快板声。

我的妈妈很爱听快板，不管是在做饭还是在休息的时候，她总是爱听上那么一段。我从小跟在妈妈身后长大，自然也没少受"快板"的熏陶。特别是后来，在一次相声中，听到于谦老师唱的快板《同仁堂》，那轻快的节奏、那传神的表演、那流畅的气势、那娴熟的技艺，让我对快板的喜爱一下子又多了一万分。

<u>追溯快板的历史，快板早年被叫作"数来宝"，也叫"顺口溜""流口辙""练子嘴"</u>。快板最初是乞丐沿街乞讨时使用的一种要钱要饭的手段，边敲边唱。中华人民共和国成立后，快板才真正作为曲艺艺术的一种表现形式而存在。

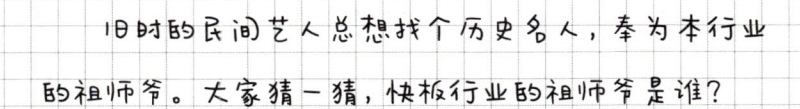

旧时的民间艺人总想找个历史名人，奉为本行业的祖师爷。大家猜一猜，快板行业的祖师爷是谁？

哈哈哈，你肯定想不到，小时候当过乞丐的明太祖朱元璋被捧了出来，成了快板的"祖师爷"。传说朱元璋曾经敲打着牛骨挨家挨户要饭，那牛骨就是快板的雏形。<u>这样看来，让明太祖来做快板的祖师爷，也算是实至名归的。</u>

纵观快板的发展，它一共经历了三个阶段：一是沿街乞讨演唱，二是"撂地"摆摊儿卖艺，三是舞台演出。

中华人民共和国成立后，快板艺术得到了极大发展，形成了闻名全国的三大流派：高凤山高派、王凤山王派、李润杰李派。每个流派在唱腔和表演上都各有千秋。

快板形式有一个人表演的单口快板，两个人表演的对口快板，还有三个人或三个人以上表演的群口快板。其中，对口快板的叫法保留了"数来宝"的原名。也就是说，现在的"对口快板"常被叫作"数来宝"。

不管是哪种形式的快板，表演起来都非常简单。不像古筝、钢琴之类，要表演必须先有场地，还要提前把乐器搬到位。相比而言，快板就灵活多了。从口袋里掏出几块小竹板，轻摇手腕，噼噼啪啪，演出就开始啦。

"竹板这么一打……"就是这么简单！

正因为简单灵活、合辙押韵、朗朗上口，快板才像风信子一样，生机盎然，遍地开花。

比如，用快板笑谈筷子文化，提倡使用公筷的《夹菜》。

中华文化大舞台，传承千载百花开，餐桌文明小竹筷，它体现了咱们古人的智慧和情怀。讲历史，这筷子至少也有三千载。唐朝时，在那世界各地把它流传开。宋高宗，专爱给身边的人们来赏菜，讲卫生，他第一个提出用公筷。可是到现在，还是有人不注意，马马虎虎可不应该。这个钱大宽，他就是个典型的马虎派，公筷私筷，用着用着就分不开了，要不是因为脑子快呀，女朋友差点跟他说拜拜……

比如，用快板抒发爱国情怀，去天安门广场看升旗的《看升旗》。

天安门广场多壮丽，长安大街贯东西，清风徐来吹人爽，东方微微露晨曦，金水桥前人如潮，他们当中：有男有女、有老有少，四面八方聚一起，他们专程到此看升国旗……

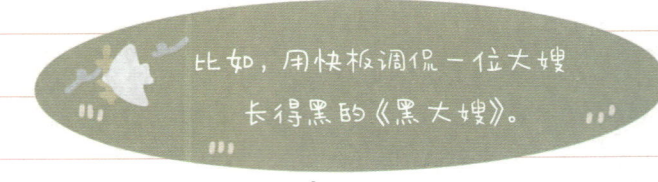

比如，用快板调侃一位大嫂长得黑的《黑大嫂》。说有位大嫂特别的黑，她生了个孩子赛烟煤。有一次，黑大嫂她抱着孩子去玩耍，没留神孩子进了煤堆。这一进煤堆坏了事了，分不出哪是孩子哪是煤。旁边有个老头出了个好主意，他抬手就把那拐杖挥：哎，大嫂哇，你拿棍捅啊，那软的是孩子，硬的就是煤。

另外，还有，弘扬中华悠久历史、璀璨文化的《中华文化》、过年过节给人祝福的《送祝福》等。甚至在一次演出时，高峰竟然把《探清水河》改编成天津快板，既魔性可爱，又别有一番风味。

更有趣的是，在张九龄和王九龙的相声《神奇的快板》中，张九龄大炫快板技能，并表演"即兴快板"，看到什么就唱什么。比如，看到麦克风，就唱："麦克风，放当中，要是没电不出声。"哈哈哈，虽然短小，但也不失精悍哟。

后来，我和小姐妹们也经常玩"即兴快板"的游戏，看到什么唱什么，很好玩。比如，看到电线杆，就唱："电线杆，身材好，又高又瘦真苗条。"比如，下节课英语突然要考试，就唱：

"英语张，惹人急，不打招呼她搞偷袭。"这样的快板，我们每天能说上七八段，嘻嘻哈哈，乐此不疲。

不光我和我的小姐妹喜欢快板，后来我慢慢发现，原来喜欢快板这门艺术的人还有很多。小到七八岁的小姑娘，大到七八十岁的老爷爷。记得以前看过一则新闻，说天津德云社开业的时候，有一位姑娘提前好几个小时，就站在天津德云社的门口。她穿着不太合身的大褂，在门前打起了快板。郭德纲先生看见过她好几次，便让她进去聊聊天。她说："我从小就很喜欢这个。"从这个小姑娘的行动中，我读懂了什么叫热爱。

高中放学的路上，夕阳西下，在我回家必经的那个公园里，总能看到两位笑呵呵的老爷爷，他们坐在公园的长椅上，手里拿着快板，一面相互探讨交流着，一面轻快地打着快板。快板打得很响、很齐。他们的神态是那么专注，又是那么悠闲。落日的余晖洒在两位老人斑白的头发上，在他们的周围，在他们的快板声中，一群朝气蓬勃的孩子笑着、闹着，跑来跑去。

<u>蝉声伴着快板声，快板声伴着孩子们的笑声，斑白的头发好似变成金丝，而两位老人仿佛也回到了少年模样……</u>